Elli
Jakob
Einstein
Nala
Alma

Dania Ronfeld

Judith Allert

Das Pony-Café

Klassenfahrt auf den Bauernhof

Judith Allert

Das Pony-Café

Klassenfahrt auf den Bauernhof

Band 6

Mit Illustrationen von
Eleonore Gerhaher

Ravensburger

Bibliografische Information der Deutschen Nationalbibliothek:
Die Deutsche Nationalbibliothek verzeichnet diese Publikation
in der Deutschen Nationalbibliografie.
Detaillierte bibliografische Daten sind im Internet über
http://dnb.d-nb.de abrufbar.

MIX
Papier aus verantwortungsvollen Quellen
FSC® C111262

2 3 4 5 E D C B A

Postfach 2460
88194 Ravensburg

Vermittelt durch die Literaturagentur Arteaga, Berlin
Cover- und Innenillustrationen: Eleonore Gerhaher
Redaktion: Beate Spindler

Printed in Germany

ISBN 978-3-473-40712-5

www.ravensburger.de

Inhaltsverzeichnis

1. Kapitel

Eine Tasse Pony-Kakao

„Es schneit, es schneit!“, rief ich und riss die Tür zum Pony-Café auf.

„Schnee? Das ist höchstens Eiswasser“, maulte meine beste Freundin Elli. Auf ihrer kirschroten Haarsträhne (und auch sonst auf ihrem Kopf) schmolzen die Schneeflocken und tropften zu Boden.

„Pfffffrz!“, schnaubte Einstein hinter mir. Er hatte mit seiner weichen Ponynase und dem ganzen,

etwas pummeligen Pony-Rest auch so einige der wässrigen Schneeflocken aufgefangen. Nun flogen sie in alle Richtungen davon.
„Alma, Elli, kommt jetzt ins Warme!" Papa winkte uns herein. „Aber halt! Erst Füße abtreten!"
Das dauerte natürlich etwas: zuerst meine zwei, dann die von Elli und dann noch vier Ponyhufe.
Kurz darauf saßen wir mit flauschigen Handtüchern auf unserem Lieblingssofa. Vor uns auf dem Tisch stand heißer Kakao. Sogar Einstein konnte heute etwas Warmes vertragen. Er schlabberte dampfenden Getreidebrei – Pony-Kakao sozusagen.
Das Gute an sämtlichen Miesewettern – egal ob im Frühling, Sommer, Herbst oder Winter – war, dass es dann in unserem Café doppelt gemütlich wurde. Und nicht nur doppelt gemütlich, sondern dreifach gemütlich, wenn Papa auch noch alle Gäste zum Probemampfen einlud.
So wie heute.
„Ich hab ein paar neue Weihnachtskekse kreiert", verkündete er der Kundschaft. Die bestand nicht

nur aus menschlichen Zweibeinern. Außer unserem Shetlandpony Einstein durften nämlich auch alle anderen Tiere mitsamt ihren Besitzern in das Café. Und so knurpsten jetzt außer einem Pony auch noch eine Griechische Landschildkröte, ein Waschbär und ein Rauhaardackel die verschiedensten Plätzchen. Wobei die Tierkekse, je nach Sorte, gerne auch mal von Menschen probiert wurden. Umgekehrt ging das allerdings nicht.

„Zucker und Schokolade sind nichts für Tiere, Herr Professor! Da kannst du noch so süß gucken!“, erklärte Elli Einstein streng.

„Schokonusskaramellsüß!“, fügte ich hinzu und ließ ein weiteres Plätzchen auf meiner Zunge zergehen. Einstein schnaubte empört.

Währenddessen wurden die Flocken vor dem großen Café-Fenster dicker und auf dem Pflaster im Innenhof blieb immerhin schon mal ein dünner weißer Flauscheteppich liegen.

Bei dem Anblick schmeckten die Plätzchen gleich noch besser. Ganz besonders die mit weißem

Zuckerguss. Dabei war noch über einen Monat Zeit bis Weihnachten.
„Ein Glück, dass Nala und Jakob heute nicht da sind“, sagte Elli und grinste. „So bleibt mehr für uns!“ Sie schnappte sich den nächsten Keks.
Unsere Freundin Nala war auch oft hier. Zusammen mit ihrer zahmen Elster Tante Else. Außerdem arbeitete ihre Mama Rike als Bedienung im Pony-Café. Und unser Freund Jakob hatte immer seine Mäuse Chili und Schote im Gepäck.
Genau in dem Moment öffnete sich mit einem Bimmeln die Tür.
„Wenn man von den Mitmampfern spricht!“, lachte Papa. Denn schon kamen Nala, Jakob und Rike mitsamt tierischer Begleitung herein. „Aber keine Sorge, im Ofen ist genug Nachschub!“
Dann warf Papa einen Blick auf die Uhr. „Ich brauch so langsam eine neue Lieferung. Wo Matze nur bleibt?“
Matze gehörte der Bauernhof am Stadtrand. Von dem bekamen wir nicht nur regelmäßig Heu und

Stroh für Einstein, sondern auch mindestens einmal die Woche Getreide. Aus dem mahlte Papa dann leckeres Vollkornmehl für alle möglichen Keks- und Törtchenvariationen.
„Matze stand gerade an der roten Ampel. Vorne an der Kreuzung. Der müsste gleich hier sein", sagte Rike und schnappte sich ihren Bedienungsblock.
„Krawah!", machte Else. Was so viel hieß wie: „Und wo bleibt die Flattervogel-Weihnachtskekse-Sonderedition?"
Jakobs Mäuse saßen schon auf seiner Schulter und naschten ein paar Nüsschen.
„He! Guckt mal!", rief ich da und sprang auf. „Schnee! Aber richtig!" Auch Elli war schon dabei, nach draußen zu stürmen.
Tatsächlich stoben jetzt richtige Flocken vom Himmel – und sie blieben auch liegen.
„Yeah! Auf zur Schneeballschlacht!", johlte Jakob.
„Nix da *Schneeballschlacht.* Und außerdem …"
Ehe Papa seinen Satz beenden konnte, hatte ich die Tür schon aufgerissen.

Allerdings stand jemand im Eingang und versperrte uns den Weg. Ein Mann in einem dicken Anorak. Vor seinem Bauch trug er eine große braune Tüte.
„Matze, endlich!", rief Papa.
Dann aber stutzte er. Denn Matze begrüßte uns nicht wie üblich mit einem Lächeln, sondern gab ein komisches Knurren von sich. Ein bisschen wie Morti, der Hund von unserem Nachbarn Motte, wenn er mit ihm zusammen einen Krimi guckte und der Bösewicht herumschlich.
„Könnt ihr nicht aufpassen? Und was ist denn das für ein Mistwetter heute? Und dieser Verkehr! Haben die Leute nichts Besseres zu tun, als die Straßen zu blockieren? Wenn's endlich grün wird, trödeln sie so lange, dass gerade mal zwei Autos durchkommen. Unmöglich, wirklich!"
Mit einem Knall wuchtete Matze die schwere Tüte auf den Tresen. „Den Rest stell ich wie immer draußen hin."
Schon hatte er sich wieder umgedreht.
„Wiehaa!", protestierte Einstein.

Der bekam sonst schließlich immer einen Begrüßungsapfel oder eine Hallihallo-Möhre von Matze. Heute aber hatte der kaum einen Blick für das Pony übrig.

„Ich hab's eilig. Tut mir leid, Dicker", stieß Matze hervor.

„Was ist denn los?", fragte Elli. „Ist was passiert?"

„Manche Leute müssen eben arbeiten und können nicht die ganze Zeit Kekse knuspern. Das ist los!" Mit diesen Worten stampfte Matze endgültig nach draußen.

Wir alle sahen ihm ziemlich verdutzt hinterher.

„Ein Glück, dass bis Weihnachten noch etwas Zeit ist. So schafft er es vielleicht noch rechtzeitig, in die passende Stimmung zu kommen", seufzte ich. Einstein seufzte ebenfalls mit einem Prusten und Tante Else schüttelte sich. Die beiden mochten Schmuselaune nämlich auch lieber als so ein Gemotze.

2. Kapitel

Eine Vorweihnachts-überraschung

Einstein war nicht nur das Café-Pony, er war auch unser Schulpony. Jeden Morgen kam er zwar nicht mit (manchmal schlief der Herr Professor nämlich gerne etwas länger), aber eine Zuckerwatteschneeschicht im Hinterhof lockte selbst das faulste Pony aus der kuschelstrohweichen Villa Ponybunt hervor. So nannten wir den kunterbunten Schuppen, in dem Einstein schlief.

„Schneeknirschen ist eins meiner Lieblingsgeräusche“, erklärte ich Elli, als wir über den Hinterhof, durch den Torbogen hindurch und dann auf die Straße stapften.

Na gut, ein richtiges Stapfen war es nicht. Und auch das Knirschen war noch verbesserungsfähig. Viel mehr als ein paar Zentimeter Schnee lagen noch nicht. Aber immerhin schmolz er unter unseren Schuhen nicht gleich wieder weg. Und als Einstein glücklich hineinprustete, sah er hinterher aus wie frisch gepudert.
Unterwegs gabelten wir noch Nala und Jakob auf – ohne tierische Begleitung. Nur Einstein durfte mit in die Schule. Weil unsere Lehrerin Frau Lesemann meinte, sonst würde ja *jeder* sein Haustier mitbringen

und dann würde das mit dem Unterricht gar nicht mehr hinhauen.
„Ich hab heute Nacht von Bauer Matze geträumt", erzählte Jakob. „Der sah aber ganz anders aus als sonst. Wie ein echtes Monster. Und er hat die ganze Zeit vor sich hin geflucht. Und wie! Leider konnte ich mir die Schimpfwörter nicht alle merken. Die waren echt cool."
Ich rollte mit den Augen. „Oh Mann. Der hatte vielleicht eine Laune gestern!"
Elli nickte. „Da werden noch seine Körner bitter, bei so viel Geschimpfe!"
„Er hat sowieso die Hälfte davon auf dem Bauernhof vergessen", sagte ich. „Papa meinte, die Lieferung hat hinten und vorne nicht gestimmt. Das ist vorher noch nie passiert."
„Komisch. So ist der doch sonst nicht", sagte Jakob.
Wenig später waren wir bei der Schule angekommen. Einstein durfte wie immer auf die Wiese vor dem Schulhaus. Sofort schmiss er sich grunzend in den Schnee.

Herr Pumpernickel, unser Hausmeister, stützte sich bei dem Anblick auf den Stiel seines Besens. „Kinder und Tiere haben immer Spaß im Schnee, den ganzen Ärger damit haben nur wir Erwachsenen." Aber er lachte dabei und machte sich dann fröhlich pfeifend daran, weiter den Weg neben der Schule frei zu kehren.

Als im Klassenzimmer alle auf ihren Plätzen saßen und wir unsere Lehrerin Frau Lesemann im Chor begrüßt hatten, begann sie ausnahmsweise nicht sofort damit, unsere Hausaufgaben durchzusehen.
„Kinder, ich habe eine Überraschung!", verkündete sie stattdessen.
„Eine Kinder-Überraschung!", blökte Nils. „Cool!"
Einige lachten. Andere stöhnten ein bisschen. Nils' Witze waren mal mehr und mal weniger lustig. Meistens eher weniger.
Frau Lesemann legte den Zeigefinger an die Lippen und dann erklärte sie: „Der Elternbeirat

hat eine sehr großzügige Spende erhalten. Und deshalb bekommen wir ein Geschenk – eine Klassenfahrt! Und zwar noch vor Weihnachten. Na, wie findet ihr das?"

Sofort konnte niemand mehr ruhig auf seinem Platz sitzen.

„Supercool!", rief Sina. „Wir könnten doch in diesen tollen neuen Freizeitpark!"

„Ach was, wir machen Urlaub auf Mallorca!", grölte Nils. „Da ist es wenigstens schön warm."

Erst als Frau Lesemann ziemlich streng guckte, wurde es wieder etwas ruhiger.

„Freizeitpark im Winter geht nicht und Mallorca fällt natürlich auch raus. Aber wir können gerne zusammen überlegen, was als Reiseziel infrage kommt. Es darf nicht zu weit weg sein und nicht sehr teuer. Und natürlich muss es genug Gästezimmer für eine ganze Schulklasse geben."

„Und einen Platz für ein Schulpony!", rief ich.

Da erklangen aus allen Ecken zustimmende Rufe. Nur Frau Lesemann wiegte zweifelnd ihren Kopf hin und her.

„Natürlich wäre es schön, wenn Einstein mit könnte", sagte sie. „Aber welches Schullandheim hat schon einen Pferdestall?"
„Dann machen wir halt einfach eine Klassenfahrt in den Zoo – mitten in die Zebraherde!", rief Nils. „Oder zu den Elefanten. Die sind genauso pummelig wie Einstein", fügte er grinsend hinzu.
Nun musste ich doch etwas schmunzeln.
Frau Lesemann seufzte. „Und jetzt bitte ein paar ernst gemeinte Vorschläge. Klassenfahrt mit Pony – wo könnte das klappen? Irgendwo, wo auch andere Tiere sind. Der Gedanke ist schon mal nicht schlecht."
„Aber nicht auf einen Reiterhof!", stöhnte Jan. „Dort war ich in den letzten Ferien mit meiner kleinen Schwester. Dieser doofe Reitunterricht, das ist ja wie Ballett auf Pferden. Total nervig!"
Weil nun alle lachten, musste Nils witzemäßig gleich noch mal nachlegen.
„Ballett auf Pferden?", rief er, stellte sich auf ein Bein, breitete die Arme aus und wieherte. So

schräg, dass Einstein von seiner Wiese vor dem Klassenzimmerfenster verwundert zu uns rüberschaute.

„Nils! Es reicht langsam. Setz dich!", mahnte ihn Frau Lesemann. „Und überhaupt hast du in letzter Zeit genug Unsinn angestellt. Auf der Klassenfahrt verkneifst du dir den, ja? Sonst …" Frau Lesemann, die eigentlich immer supernett war, kniff streng die Augen zusammen. „Sonst schicke ich dich frühzeitig wieder nach Hause!"

Man muss dazu sagen, dass Nils die Nerven unserer Lehrerin in letzter Zeit ziemlich strapaziert hatte. Ständig plapperte er dazwischen. Er konnte nie ruhig sitzen bleiben. Einmal hatte er so sehr mit den Beinen gezappelt, dass er vom Stuhl gerutscht war.

Jetzt sagte Nils gar nichts mehr und verschränkte die Arme.

Elli und ich hatten uns inzwischen so einen ganz bestimmten Blick zugeworfen. Nicht wegen Nils. Sondern weil wir genau den gleichen Gedanken

gehabt hatten. Wir kannten einen richtig tollen Ort, wo genug Platz für eine Klasse *und* ein Pony war.
Da streckte Elli auch schon ihren Finger in die Luft und die Lehrerin rief sie auf.
„Machen wir doch Urlaub auf dem Bauernhof. Bei Matze, also bei der Familie Keller. Der Hof am Stadtrand. Die haben ein riesiges Gästehaus. Und ein Plätzchen für Einstein findet sich dort bestimmt auch. Außerdem sind Einstein und Matze dicke Freunde."
„Das ist eine super Idee", sagte Frau Lesemann und auch unsere Mitschüler johlten begeistert. „Vielleicht könnt ihr heute Nachmittag mit ihm abklären, ob sie im Dezember Platz für uns haben?"
„Aber logo!", rief Elli sofort.
Obwohl wir schon ein komisches Gefühl hatten. Wenn Matze immer noch so schlecht drauf war wie gestern, dann hatte er bestimmt keine Lust auf den Besuch einer ganzen Schulklasse. Außerdem hatten sie wohl schon länger keine

Besucher mehr in ihrem Gästehaus gehabt.
Warum, das wusste ich auch nicht so genau.
Während der Mathestunde schob ich Elli deshalb einen Zettel rüber. *Wir lassen uns was einfallen, damit Matze auf keinen Fall Nein sagen kann!*, stand dort drauf.
Elli nickte und zwinkerte mir zu. *Was mit ganz vielen Törtchen und Ponyzauber!*, kritzelte sie darunter.
Als Frau Lesemann sich mahnend in unsere Richtung räusperte, packte ich den Zettel aber lieber schnell weg.

3. Kapitel

Ein Blech voller Zaubertörtchen

Nach der Schule aßen wir wie fast jeden Tag im Pony-Café. Über Mittag waren dort keine Gäste, deshalb war immer genügend Platz für uns Rapunzler. (Rapunzler nannten wir uns, weil unser Haus so hoch und so schmal wie der Rapunzelturm war.)
Motte, unser Nachbar, war dabei und Mama, Papa und Ellis Mama Martha. Die hopste in ihrer

Mittagspause vom Friseursalon meistens zu uns ins Café.
Einstein durfte natürlich auch nicht fehlen. Der hatte schon gegessen und machte ein Päuschen auf seinem Lieblingssofa in der Ecke.
„Heute kaut Morti ja gründlicher als ihr", meinte Motte mit Blick auf Elli und mich.
Motte war so breit wie ein Schrank und hatte lauter Tätowierungen am Arm. Dafür war sein Hund Morti kaum größer als ein Eichhörnchen. Vom Appetit her wiederum ähnelte er jedoch eher einem Wolf und schlang sämtliche Leckerchen am liebsten in einem Happs herunter.
„Waff, waff!", kläffte Morti zustimmend und sehr, sehr hungrig. Woraufhin Motte – *total* unauffällig natürlich – eine Nudel zu ihm unter den Tisch rutschen ließ.
Zack!, war sie weg.
„Dabei müsst ihr euch gar nicht so beeilen. Die Nudeln laufen euch bestimmt nicht davon", sagte Mama nun zu uns.
„Aber Matze!", erwiderte Elli.

Ich nickte. „Er kommt doch heute, um die restliche Lieferung zu bringen, und bis dahin muss alles vorbereitet sein. Nicht dass der wieder so eine Muffellaune kriegt wie gestern." Das mit der Klassenfahrt hatten wir natürlich sofort erzählt. Noch bevor die Nudeln auf unseren Tellern gelandet waren.
„Ach, Matze ist ein guter Kerl, der findet die Idee bestimmt klasse", sagte Martha und räumte die Teller zusammen.
Ich runzelte die Stirn.
„*Normalerweise* ist er ein guter Kerl. Aber gestern war er brummiger als ein Grizzlybär!"
„Deshalb brauchen wir einen absolut genialen Matze-Überzeugungsplan", sagte Elli.
„Wuoff!", erklang es da unter dem Tisch.
Morti interessierte sich aber gar nicht für unseren Plan. Er wollte nur unheimlich gerne Spülmaschine spielen, wobei seine Zunge der Spüllappen war. Aber das sahen die meisten menschlichen Café-Gäste doch nicht so gerne, Tier-Café hin oder her.

„Du kriegst gleich einen Nachtisch, Kleiner, okay?“, sagte Papa und kramte in seinen Keksdosen nach etwas Passendem.
„Wiehaaa!“, mischte sich jetzt natürlich auch Einstein ein.
„Klar, *jeder* bekommt einen Nachtisch“, sagte Papa.
Das galt dann natürlich auch für uns. Und während wir zufrieden unsere Haselnuss-Honig-Zimt-Cremes löffelten, gingen wir mit Papa unseren Plan durch.
„Eins ist ja wohl klar: Gute Laune geht durch den Magen“, sagte der sofort.
Wie er uns erklärte, gab es da ein paar Zutaten, die ganz besonders auf die Stimmung wirkten.
Bananen, Datteln und Ananas nämlich – und selbstverständlich Schokolade. Zusammen tüftelten wir die Rezepte für nigelnagelneue Gute-Laune-Törtchen aus.
„Die kann man im Winter sowieso immer gut gebrauchen“, meinte Papa mit Blick aus dem

Fenster. Gerade war es nämlich wieder ziemlich trüb, stürmisch und schneeregenmatschig. Natürlich hätte dann auch einfach Papa die Törtchen für uns, beziehungsweise für Matze, backen können. Aber irgendwie wäre das Schummeln gewesen, fanden Elli und ich. Während Papa sich also kurz darauf darum kümmerte, dass seine Kuchenvitrine für den Nachmittag wieder voll war, tobten wir uns in der Pony-Café-Küche aus. Und zwar streng nach Rezept! Na gut, auch mit ein bisschen Chaos. Das wiederum lag an Papas ganz eigenem Ordnungssystem und daran, dass es manchmal etwas dauerte, bis wir gefunden hatten, was wir brauchten.

Haargenau in dem Moment, als am späten Nachmittag Matzes roter Lieferwagen in den Hof rollte, war das letzte bisschen fehlender Schokoguss auf den Zaubertörtchen drauf. „Aber Bestechung ist das schon", murmelte Elli mit Blick auf unsere kleinen süßen Meisterwerke.

„Bestechung ist hier Prinzip", sagte Papa.
„Ich besteche die Kunden mit Törtchen, und sie kommen dafür immer und immer wieder."
„Genau! Und Hauptsache, es hilft", erwiderte ich.
Was das anging, war ich mir absolut sicher.
Allerdings nur so lange, bis Matze aus dem Auto stieg. Dass der wieder Stinkelaune hatte, roch ich sofort. Ungefähr einen Kilometer gegen den Wind und durch das geschlossene Pony-Café-Fenster! (Auch wenn Matze nur zehn Meter weit weg war und keine Brise wehte.)
Einstein ging es genauso. „Pffff!", machte der und scharrte unzufrieden mit seinen Hufen.
Trotzdem, Elli und ich sahen uns an und nickten uns entschieden zu.
Schon eilte Elli nach draußen, ich hinterher.
„He, du, Maaaaatze!", säuselte Elli fast so süß wie unsere Backwaren.
„Wir haben eine Üüüüüüberraschung für dich!", fügte ich hinzu. Mit extravielen Üs und einem extrabreiten Lächeln.

„Aber dafür musst du mit ins Café. Also so richtig, nicht nur schnell zum Tütenabstellen", sagte Elli.
„Kinder, wisst ihr, wie viel ich heute noch ausliefern muss? Ihr seid nicht meine einzige Kundschaft!" Ohne uns auch nur anzuschauen, eilte Matze an den Kofferraum und klappte ihn scheppernd auf.
„Och Matze, biiiiiiitte!", sagte ich. Diesmal mit extravielen Is und extraviel Wimpernklimpern.
„Prrrrrrfz", schnaubte Einstein liebevoll. Auch er ließ sämtlichen Charme spielen und zupfte Matze sanft am Ärmel.
Da stöhnte Matze. „Okay, Mädchen. Weil ihr es seid. Was gibt's?"
„Erst mitkommen!", sagte ich und Einstein stupste Matze höflich, aber energisch, Richtung Pony-Café.
Und als er auf dem weichen Sofa saß, neben ihm der Bollerofen gurgelte und dann auch noch das Törtchen-Tablett vor ihm auf dem Tisch stand, wirkte er schon freundlicher. „Irgendwie sieht mir das nach Bestechung aus, Mädels!"

„Waaaas?“, tat ich entsetzt.
„Niemals!“, meinte Elli.
Allerdings mussten wir dabei vor uns hin kichern.
„Raus mit der Sprache!“, rief Matze.
Er guckte uns betont ernst an und dabei musste auch er grinsen. Wie froh waren Elli und ich, als wir wieder dieses verschmitzte Funkeln in seinen Augen sahen. Denn eigentlich war Matze ja wirklich richtig nett. Papa kannte ihn schon seit Schulzeiten. Und dementsprechend nahm er sich eigentlich gerne mal Zeit für ein Pony-Café-Päuschen.
„Erst probieren!“, beharrte ich.
Matze seufzte und griff nach einem Törtchen.
„Sieht echt lecker aus!“, stieß er hervor, leckte sich die Lippen, machte den Mund auf, biss genüsslich hinein – und spuckte alles mit einem „Igitt, ist das eklig!“ einmal quer durch das Pony-Café.
Herr Meier, der kleine Zottelhund von Herrn Müller, war sofort zur Stelle, um den angekauten

Bissen aufzulecken. Aber dann verzog er das Gesicht, schüttelte sich und spuckte alles wieder aus. Elli und ich schauten uns entsetzt an. „Was? So schlimm?"
Vorsichtig probierte ich einen Happen und machte es genauso wie Herr Meier. „Igitt! Total salzig!"
„Salz statt Zucker?", stieß Elli hervor. „Oh nein! Wir Schussel!"
„Warum hat Papa auch alle Zutaten in so ollen Dosen!", stöhnte ich.
Ich warf einen vorsichtigen Blick zu Matze. Na super, jetzt war der bestimmt doppelt sauer. Oder vielmehr salzig!
„Das war keine Absicht, ehrlich!", sagte ich.
„Ach ja? Und warum wolltet ihr dann unbedingt, dass ich die Törtchen esse?"

„Na, damit du wieder gute Laune bekommst“, sagte ich. „Wir dachten ja, dass die lecker schmecken.“

„Und dann hättest du unsere Idee genauso toll gefunden wie wir“, fügte Elli hinzu.

„Jetzt bin ich aber schon neugierig“, sagte da Matze.

Also erzählten wir ihm, was wir uns ausgedacht hatten. Und trotz der Salztörtchen-Blamage hörte er sich alles ganz genau an. Danach guckte er allerdings ziemlich ernst. Zu ernst.

„Eine ganze Klasse auf dem Hof … Hm, ich weiß nicht. Unsere Tiere brauchen Ruhe. Wisst ihr, unsere Gästezimmer haben ewig leer gestanden. Und ich müsste das auch erst mit meinem Vater besprechen …“ Plötzlich aber hielt Matze inne. „Ach was! Eigentlich kann Papa etwas Trubel gut gebrauchen. Eine Klassenfahrt auf den Bauernhof – das ist richtig prima! Und außerdem habe ich in zwei Wochen Urlaub. Da habe ich Zeit für so was!“

Matze kümmerte sich nämlich nur nebenher um

den Bauernhof und alles drumherum. Tagsüber arbeitete er als Schreiner.

„Echt jetzt?" Elli und ich konnten das nun nicht so recht glauben. So einfach war das?

Matze nickte entschieden. Dann griff er nach den Törtchen. „Aber nur, wenn ich ein paar hiervon mitnehmen kann."

„Äh .... ja klar. Gerne!", sagte ich.

Kein Wunder also, dass Elli und ich Matze ziemlich verdattert hinterherschauten.

Elli zuckte mit den Schultern. „Na egal. Hauptsache, er hat Ja gesagt!"

„Wiehaaa!", sagte Einstein dazu, schnupperte an einem der Törtchen und nieste.

4. Kapitel

Blinde Passagiere

Frau Lesemann machte mit Matze dann natürlich alles richtig offiziell. So konnte er sich seine Entscheidung auch nicht noch mal anders überlegen. Obwohl wir und der Rest der Klasse uns am liebsten sofort auf die Reise gemacht hätten, mussten wir uns noch eine Weile gedulden. Zwei Wochen lang. Aber so schlimm war die Warterei zum Glück gar nicht. In der Schule war immer was los – und zu Hause genauso.

Mit Mama probierten wir ganz viele winterliche Selbermachsachen aus, die als Deko ins Pony-Café kamen, aber auch von den Gästen gekauft werden konnten.
Zwischendrin gab es ein paar von Papas allerneuesten Weihnachtskeksen zum Testen.
Das alltägliche Pony-Café-Chaos hielt uns sowieso auf Trab.
Und dann war es so weit: Nichts wie los zum Bauernhof!
Natürlich hätten wir ein Stück mit der Straßenbahn fahren können. Da war Einstein auch schon einige Male mit eingestiegen. Aber weil Matzes Bauernhof gleich am Stadtrand lag und frische Luft ja gesund war, machte die ganze Klasse eine Wanderung.
Unser Gepäck wurde nachgeliefert – das hatten wir vor dem Aufbruch in Herrn Pumpernickels Lieferwagen gepackt. So viel benötigten wir für drei Nächte sowieso nicht. Also, bis auf Sina. Ihr Kosmetikkoffer war größer als mein Reiserucksack. Aber jedem das Seine.

Was Einstein brauchte, gab es ja alles auf so einem Bauernhof. Natürlich außer der extragroßen Wochenpackung Hafer-Karotten-Bananen-Kekse, von Papa selbst gebacken.

Als die Klasse an der Schule loslief, war der Himmel knackeblau und die Luft klirrend kalt. Weiße Wölkchen pufften aus Einsteins Nasenlöchern und wir alle hatten knallrote Wangen.
Unterwegs durfte jeder den Professor mal führen, und so begann auch keiner zu meckern, dass der Weg zu lange dauerte. Nur leider ließ sich Nils dabei nicht davon abhalten, einen Witz nach dem anderen zu reißen.
„Frau Lesemann, kriegt Nils auf dem Hof ein Einzelzimmer?", fragte Jan. „Dann kann er sich seine Witze selber erzählen."
Nils verpasste ihm einen Knuff. „Ohne mich würdet ihr euch doch zu Tode langweilen!"
Julia rollte mit den Augen. „Ohne dich wäre es richtiger Urlaub!" Aber sie grinste dabei.

Wir mochten Nils ja, auch wenn er manchmal schon ein bisschen nervte. Doch zu viel Unsinn sollte er wirklich nicht anstellen, sonst würde er sich noch richtig Ärger einhandeln.
„Was guckst du denn so?“, fragte ich Nala. Die schaute die ganze Zeit so komisch nach oben. Als ob sie sich riesig für Dachrinnen interessierte. Kaum hatte ich die Frage ausgesprochen, wusste ich auch schon die Antwort. Und ich sah sie sogar! Sie hatte pechschwarzes glänzendes Gefieder mit leuchtenden weißen Flecken. Nalas zahme Elster Tante Else hopste ein paar Meter vor uns auf dem Dachrand herum!
„Ich hab ihr gesagt, dass sie zu Hause bleiben muss. Aber …“, begann Nala im Flüsterton.
„Aber Else hat nicht richtig zugehört“, wisperte Elli, die den Vogel auch entdeckt hatte.
Doch bevor Frau Lesemann Verdacht schöpfen konnte, guckten wir schnell wieder woanders hin. Wenn wir erst auf dem Hof angekommen waren, sagte sie bestimmt nicht, dass wir Else wieder nach Hause bringen sollten.

„Na super", meinte Jakob. „Hätte ich Chili und Schote auch mal eingepackt."
Bis auf Einstein hatte unsere Lehrerin alle Haustiere als Begleitung verboten. Auf so einem Bauernhof wusele schließlich schon genug Getier herum, meinte sie.
Ich blickte Jakob schief an. „Und wieso grinst du so?"
Jakob schob sich die Baseballkappe tiefer ins Gesicht. „Weil sich meine beiden Mäuse *zuuufällig* selbst eingepackt haben", flüsterte er und klopfte vorsichtig auf seine Anoraktasche.
„Was tuschelt ihr denn die ganze Zeit?", mischte sich Nils ein.
Elli räusperte sich schwer. „Bei der Kälte muss man seine Stimme schonen. Weiß man doch", sagte sie heiser.
Denn Nils hätte sich nur verplappert. Von den blinden Mäusepassagieren sollte unsere Lehrerin lieber auch erst später erfahren.

„Boah, ist das cool! Der Wahnsinn!", rief Nils und stürmte auf das knallrote Eingangstor zu. Genauso knallrot wie die hölzernen Fensterläden am alten Wohnhaus. Das wiederum war riesig. Locker drei Stockwerke.
Daneben stand eine Scheune, die war noch mal viel größer. Außerdem gab es ein kleineres Gebäude aus rotem Backstein. Das winzige Häuschen dazwischen war bestimmt das Backhaus. Ich entdeckte einen Brunnen und ein alter Traktor stand im Hof.
„Langsam, Nils!", rief Frau Lesemann.
Nils bremste ab und drehte sich zu ihr um.
„Was machst du, wenn hier ein Wachhund herumläuft?", fragte sie. „Und überhaupt: Halt dich ein bisschen zurück, ja?"
Da biss sich Nils auf die Lippen. „Ist ja gut", murmelte er. Aber man konnte sehen, wie schwer es ihm fiel, nicht gleich wieder loszustürmen.
Doch auch der Rest der Klasse war nur schwer zu halten und verteilte sich sofort, neugierig guckend, im großen gepflasterten Innenhof.

„Wachhund?“, fragte ich und musste schmunzeln. „Anscheinend gibt es hier nur eine Wachkatze.“ Ich ging in die Hocke und ein dicker getigerter Kater kam schnurrend auf mich zu.

„Auweia!“, murmelte Jakob. Schnell prüfte er, ob der Klettverschluss seiner Jackentasche auch wirklich zu war. „So eine Bauernhofkatze hat bestimmt 'nen riesigen Mäusehunger!“

„Da seid ihr ja! Willkommen, ihr Lieben!“, erklang es in dem Moment.

Eine ältere Frau mit einer bunten Ringelmütze über ihren grauen Haaren und in einem dicken Anorak kam aus dem Haus und begrüßte uns mit ausgebreiteten Armen.

„Ich bin Lea, Matzes Mama“, sagte sie. „Schön, dass ihr hier seid! Wir haben ja so lange keinen Besuch mehr gehabt! Und ehrlich gesagt hab ich gar nicht daran geglaubt, dass wir noch mal welchen bekommen!“ Den Satz sagte sie mit einem ziemlich tiefen Seufzen.

„Aber wieso denn?“, wunderte ich mich. „Es ist doch einfach nur toll hier!“

Bevor Lea etwas darauf erwidern konnte, begrüßte Einstein sie mit einem scheppernden „Wiehaaaa!" und stupste sie freundlich mit seiner Nase an.
Außerdem erklang ein „Krawah-krawah!" und alle hoben den Blick zum kahlen Kirschbaum.
„Else! Also so was, was machst du denn hier?" Elli stemmte betont empört ihre Arme in die Seiten.
Frau Lesemann zog eine Augenbraue nach oben. Ein Grinsen konnte sie sich nicht verkneifen.
„Lasst mich raten: Ihr könnt absolut gar nichts dafür. Tante Else ist einfach ungefragt mitgekommen, richtig?"
Nala presste die Lippen aufeinander. „Ja … Also, so ähnlich jedenfalls."
„Eine zahme Elster? Das ist ja toll! Na, komm mal her, Süße!" Lea schnalzte mit der Zunge und schon flatterte Else auf ihre Schulter.
„Mau!", machte der dicke Stubentiger und strich um Leas Beine.
„Brauchst nicht eifersüchtig sein, Konstantin",

sagte Lea. „Und wegfressen wird dir Tante Else bestimmt auch nichts."
„Konstantin frisst auch keine Elstern oder andere kleine zahme Tiere?", fragte Jakob.
Lea schüttelte lächelnd den Kopf. „Er ist ein sehr fauler Kater."
Jakob seufzte erleichtert. Dabei traf ihn ein ziemlich misstrauischer Blick von Frau Lesemann.
Nala blickte sich suchend um. „Gibt es hier gar keine Hühner? Tante Else liebt Hühner und versucht dann immer, ein bisschen zu gackern, wenn sie welche trifft."
„Leider nicht mehr", sagte Lea. „Früher hatten wir ganz viele, doch die Zeiten ändern sich."
„Aber Tiere gibt es hier schon, oder?", fragte jetzt Nils. Wie auch der Rest der Klasse wirkte er etwas verwundert.
Der Bauernhof lag direkt am Stadtrand. Hinter ihm erstreckte sich ein großer umgepflügter Acker. Allerdings war dort kein einziges Tier zu sehen. Außer ein paar Krähen, die im Gras herumpickten.

„Na, die sind im Stall“, sagte Matze. Er war aus dem Wohnhaus getreten und schlüpfte gerade in seine gefütterten Winterstiefel.

„Ich hoffe, ihr habt auch Gummistiefel dabei“, sagte er.

„Und ich hoffe, ihr steckt eure neugierigen Nasen nicht überall rein!“, erklang eine weitere Stimme. Eine ziemlich brummige. Ein Fenster war aufgegangen und ein dunkelhaariger Mann mit Bart guckte heraus. Matzes Papa Peter.

„Brrrrfz!“, schnaubte Einstein und scharrte mit den Hufen. Vermutlich wollte er damit sagen: „Also bitte, Neugier ist gesund. Und wenn ich meine Nase nicht überall hineinstecke, entgehen mir so einige Törtchen!“

Peter guckte Einstein grimmig an. „Und passt gut auf den Zwerg da auf! Ponys haben nur Unsinn im Kopf!“ Zack, war das Fenster wieder zu.

Matze räusperte sich. „Mein Vater ist manchmal … na ja, etwas ruppig.“

Elli und ich sahen uns an.

„*Etwas* ruppig?“, flüsterte ich. „Um den

Grummelheini sollten wir besser einen großen Bogen machen."
„Kein Wunder, dass Matze auch manchmal so seine Launen hat", erwiderte Elli leise. „Das ist bestimmt erblich."
Zum Glück aber war die Frau des Grummelheinis richtig nett. Lea brachte uns gleich wieder auf andere Gedanken.
Sie klatschte auffordernd in die Hände. „So, was steht ihr denn noch hier herum? Herr Pumpernickel hat eure Taschen schon gebracht. Schnappt sie euch! Dann sucht ihr euch schnell eure Zimmer aus – und anschließend gibt es etwas Leckeres zu essen."

5. Kapitel

Gemuhe und Gegrunze

Ganz so schnell ging das natürlich auch wieder nicht. Es musste schließlich gut überlegt sein, wer mit wem wo übernachten sollte. Jakob wollte eigentlich mit zu Nala, Elli und mir.
Woraufhin Sina gleich losquiekte: „Ein Junge im Mädchenzimmer? Das geht ja wohl gar nicht!"
Aber auch das Gästehaus selbst brachte sie immer wieder zum Quieken. Das war nämlich nicht mehr das Jüngste. Die Möbel waren aus

dunkelbraunem Holz und rochen ein wenig muffig, und die Teppiche waren ziemlich zerfranst. Mich störte das nicht. Im Gegenteil: Ich fand es richtig gemütlich. Und wenn man mal was dreckig machte, war das nicht so schlimm.

Frau Lesemann quiekte zwar nicht und sie drückte sich auch ein bisschen anders aus als Sina, aber im Prinzip war sie mit ihr einer Meinung, was die Zimmeraufteilung anging.

Und so kam es, dass Jakob ausgerechnet mit Nils in einem Zimmer landete.

„Das passt doch prima", fand Frau Lesemann. „Dann kannst du, Jakob, ein Auge drauf haben, dass Nils nicht wieder Unsinn ausheckt."

Die Lehrerin warf unserem Klassenclown einen strengen Blick zu. „Nils, du hältst dich an die Regeln, ja? Keine Streiche, kein Quatsch."

„Jaja", murmelte Nils und schob die Hände tief in seine Jackentaschen. Ein Grinsen konnte er sich dabei aber nicht verkneifen.

„Steck dich bloß nicht bei dem an!", flüsterte Elli

in Jakobs Ohr. „Nicht dass du nächste Woche auch nur noch alberne Witze reißt."
Auf jeden Fall kam ich mit Elli und Nala in ein Zimmer. Julia, Sina und Lena kamen in ein anderes – und auch sonst klappte die Aufteilung dann eigentlich total problemlos.
Die Zimmer im Gästehaus fand ich auch unheimlich gemütlich. Mit leicht verblichenen

Blümchenvorhängen, knarzenden Holzböden und quietschenden Zimmertüren. Denn so richtig neu war absolut gar nichts.
„Hier kann man wenigstens nicht so viel kaputt machen“, meinte auch Nala dazu. Im gleichen Moment öffnete sie den Kleiderschrank und hatte plötzlich den Knauf in der Hand.
„Krawa-a-a-ah!“, lachte Tante Else, und Elli, Nala und ich fielen mit ein.
Da steckte Nils seinen Kopf zur Tür herein. „Noch lacht ihr! Aber habt ihr den Hausgeist schon gehört? Der spukt seit Jahrhuuuuuunderten in diesen uralten Gemäuern herum!“
Dann war er auch schon wieder verschwunden und es war nur noch sein „Schuhuuu! Schuhuuu!“ zu hören.
Tante Else schüttelte sich. „Was für ein komischer Kauz“, sollte das wohl heißen.
„Armer Jakob“, sagte Elli. „Eine Doppelstunde Mathe ist auch nicht weniger anstrengend als zehn Minuten mit Nils.“
„Wetten, der kriegt es auf keinen Fall hin, sich

irgendwelchen Quatsch zu verkneifen?", seufzte ich. „Das wäre ja so, wie wenn Einstein keine Törtchen mehr mampfen dürfte."
Und apropos Einstein, der hatte sich inzwischen alle Gästezimmer – zumindest die im Erdgeschoss – ganz genau angeschaut. Was Matzes Papa zum Glück nicht mitgekriegt hatte.
Nun rief Matze von draußen zu uns rein: „Die Minipony-Luxus-Suite ist gerichtet! Wenn der Herr sich bitte hinausbequemen würde?"

Einsteins Ferienwohnung, ein kleines Holzhäuschen, das früher mal, wie Matze erklärte, der Ziegenstall gewesen war, lag zwischen dem Kuhstall und dem kleinen Backsteingebäude. Links hörte man also ganz viel Gemuhe und rechts grunzte jemand ziemlich laut.
„Das ist Archibald", sagte Matze. „Aber den stell ich euch gleich vor – und den ganzen Rest natürlich auch."
„Wiehaaa!", sagte Einstein dazu. Da wurde das Gegrunze noch lauter.

Während Einstein mit der Nase sein Stroh zurechtschubste und sein Willkommensheu kaute, bekam unsere Klasse eine Stallführung.
„Aber leise sein", sagte Matze.
Im Kuhstall war es so schummerig, dass wir blinzeln mussten. Aber nach einem Moment hatten wir uns an die Dunkelheit gewöhnt. Jedoch nicht an den Geruch. Es roch ziemlich streng.
Etwa fünfzehn Kühe standen in dem Stall und mampften vor sich hin. Sie muhten uns freundlich an und ich konnte nicht anders, als eine der weichen Kuhnasen zu streicheln.
Die Kuh hielt ganz still und prustete mich an.
„Das ist Gitti, eine meiner Kuh-Omas!"
Ich zuckte richtig zusammen, als ich merkte, dass plötzlich Matzes Papa Peter bei uns stand.
Während er die Kuh anguckte, sah er allerdings überhaupt nicht grimmig aus. Er tätschelte ihr sanft die Flanke.
„Dürfen die denn gar nicht raus?", fragte Nils.
„Der Stall ist ja total eng!" Er runzelte die Nase.
„Und ziemlich muffig!"

Sofort hatte Peter wieder eine steile Falte auf der Stirn.
„Also, Herr Besserwisser, weißt du, was das für Arbeit macht, wenn die Damen da hinausspazieren? Draußen melken, draußen misten …"
Da verging Nils ausnahmsweise das Grinsen.
„Aber …"
„Nix aber! Meinen Kühen geht es gut. Die vermissen nichts!"
„Los, wir gehen jetzt rüber", drängelte Matze und schob Nils weiter.
„Die Armen", murmelte Nils. Leise, aber nicht so leise, dass Peter es nicht hörte. Er schnaubte wütend.
Einstein hätte es nicht besser gekonnt. Der hatte die Kühe übrigens die ganze Zeit neugierig gemustert. Und die Kühe ihn.
Erst war er vorsichtig gewesen, aber jetzt streckte er seine Nase zu einer der rundlichen Damen hin.
„Muuuuuuuuh!", sagte die.
„Pffffrz!", schnaubte Einstein.

Und da musste sogar Peter lächeln.
„Kuh-isch muss er noch üben, der Dicke!" Schon wurde Peter wieder ernst. „So, genug jetzt! Die Damen wollen wieder ihre Ruhe."
In dem Moment huschte etwas Kleines, Braunes vor seinen Füßen vorbei. Eine winzige Maus.
„Och wie süß!", rief ich.
„Süß?" Peter taumelte einen Schritt rückwärts. „Diese Viecher sind überall und knabbern alles an. Wenn es so weitergeht, leg ich doch wieder Gift aus."
Obwohl es so düster war, sah ich, wie blass Jakob wurde.
Natürlich aus Sorge um Chili und Schote. Deshalb waren wir ganz froh, dass die Stallführung erst mal vorbei war.
Matze führte uns nach draußen zu dem kleinen Backsteinhäuschen. Er öffnete die obere Klappe der Tür. Die halbe Klasse drängelte sich davor und lugte hinein.
„Den Herrn hier habt ihr zumindest schon akustisch kennengelernt", sagte Matze.

In einem großen Strohhaufen lag Archibald. Erst war nur die Rüsselspitze zu sehen. Dann grunzte er uns müde an, rappelte sich auf und schüttelte sich, bis das Stroh nur so davonflog.
Nils quetschte sich neben mich, damit er besser sehen konnte.
„He!", schimpfte ich.
Aber Nils achtete gar nicht auf mich. „Der darf also auch nicht raus? Und hockt ganz alleine da drin? Der Arme!"
Matze zuckte mit den Schultern. „Draußen wühlen Schweine alles um. Außerdem bewegt er sich nicht so viel, wenn er hier drin ist. Dadurch wird er schneller schön dick, um …" Den Rest schluckte er herunter.
Doch Nils und wir anderen wussten auch so, was Matze damit meinte. Früher oder später sollte aus Archibald Schweinebraten werden, logo. Jetzt guckten die meisten von uns ziemlich betroffen.
Matze atmete tief durch. „Ich würde sagen, wir sind erst mal durch mit der Führung.

Außerdem hat meine Mama Kuchen für euch gebacken."
„Na, hoffentlich sind die Törtchen diesmal ohne Extraportion Salz", murrte da Peter.
Elli und ich sahen uns verwundert an. Wie bitte? Matze hatte die Salztörtchen seinem Papa serviert? Deshalb hatte er sie unbedingt mitnehmen wollen? Also die beiden hatten wirklich eine sehr seltsame Beziehung …

6. Kapitel

Achtung, schlechte Laune!

Am Abend saßen wir alle zusammen im Speisesaal. Der war genauso gemütlich wie das Gästehaus. Oder genauso altmodisch, wie Sina mit Augenrollen sagte.
Wenn nicht alle durcheinandergeplappert hätten, hätte man vermutlich ein ziemlich seltsames Grummeln gehört. Wir hatten nämlich alle Magenknurren. Die Teller vor uns waren noch immer leer.

Lea steckte den Kopf aus der Küche. „Tut mir leid, das Essen dauert noch einen Moment! Der Elektroherd scheint kaputt zu sein. Jetzt muss ich erst den alten Holzofen anschüren, um das Essen wieder aufzuwärmen. Ein Glück, dass ich schon vorgekocht habe."

Hinter ihr erklang wildes Gefluche. Wie es sich anhörte, versuchten Matze und Peter den Herd zu reparieren – vergeblich.

„Anscheinend sind nicht nur die Möbel uralt", flüsterte Elli.

„Ach, wenn es noch länger dauert, kauen wir eben erst mal ein bisschen Stroh und Heu, kein Problem", witzelte Nils.

„Oder wir beißen in die Tischplatte." Jakob grinste.

Aber bevor es so weit kam, servierte Lea doch das Essen.

Es gab einen riesigen Gemüseeintopf. Alle schlürften genüsslich und Lea grinste von einem Ohr zum anderen.

„Das Gemüse ist aus meinem kleinen Garten. Etwas Leckereres gibt es nicht", sagte Lea.

„Wiehaa!", sagte Einstein dazu. Der hatte eine Schale Karotten vor sich.
„Pony-Café-Törtchen sind auch nicht zu verachten, soll das heißen", erklärte ich.
Tante Else saß auf Nalas Schulter und knabberte ein paar Nüsse. Und Jakob war damit beschäftigt, Chili und Schote heimlich auf seinem Schoß zu füttern. Also nicht heimlich genug, denn ich bekam es ja immerhin mit. Noch waren die beiden nicht entlarvt – und das war auch gut so. Wie Peter auf Chili und Schote reagieren würde, wollten wir uns lieber gar nicht erst ausmalen! Aber immerhin durfte nun schon mal der Professor mit in den Speisesaal.
„Huch!", stieß Jakob plötzlich hervor und wurde ganz steif.
An seinen Beinen strich schnurrend Konstantin, der Kater, entlang.
Chili und Schote fiepten und verschwanden schnell in Jakobs Tasche, was außer uns zum Glück keiner bemerkte.
Ich lockte Konstantin zu mir und kraulte ihm

die Ohren. Wenig später spazierte er zum nächsten Tisch. Jakob seufzte erleichtert auf.
Dann war es wieder eine Weile still. Nur Teller- und Löffelgeklapper waren zu hören, bis Matze und sein Vater Peter zur Tür hereinkamen. Diesmal guckten wieder beide mürrisch. Peter ließ sich auf einen Stuhl plumpsen. Der einzige freie Platz war direkt daneben.
Matze zögerte erst, dann setzte er sich doch. Eintopf im Stehen zu löffeln, ist ja auch nicht ganz leicht.
Lea sah die beiden an und seufzte schwer. Dann aber räusperte sie sich und setzte ein freundliches Lächeln auf.
„Na, ihr zwei, Hunger mitgebracht?" Platschend füllte sie ihnen die Teller.
„Ist es nicht schön, dass hier endlich mal wieder etwas los ist?", fuhr Lea fort. „Das Gästehaus hat viel zu lange leer gestanden."
„Hm", sagte Peter und begann stumm zu löffeln.
„Lecker, Mama! Wirklich", sagte Matze.
Ich rutschte mit dem Po auf meinem Stuhl hin und

her, Elli zuckte ratlos mit den Schultern. Keine Ahnung, warum die beiden sich ständig stritten. Auf jeden Fall war es ziemlich unangenehm für alle Anwesenden.
„Ach, Papa. So kann das nicht weitergehen. Du kannst nicht ewig sauer sein“, meinte Matze auf einmal. „Du siehst doch selber, dass hier einiges renoviert werden muss. Jeder Wasserhahn tropft, ständig fliegt die Sicherung raus. Und dass der Herd nicht mehr lange hält, war auch klar.“

„Darum geht es doch nicht!", erwiderte Peter, wobei er nicht von seinem Eintopf aufsah. „Weißt du, dass dein Urgroßvater das alles mit seinen Händen aufgebaut hat? Du schätzt das gar nicht richtig. Dein Uropa würde sich im Grabe umdrehen, wenn er von deinen Plänen wüsste!"

Matze seufzte. „Manche Teile der Gebäude sind so wackelig, die fallen fast um, wenn man sie nur schief anschaut. Wir müssen endlich eine Entscheidung treffen!"

Peter knirschte mit den Zähnen. „Schluss jetzt! Ich will davon nichts hören!"

Noch einmal seufzte Matze, dann löffelte er weiter seinen Eintopf.

Lea schüttelte den Kopf. „Könnt ihr nicht später weiterstreiten? Die Kinder hier wollen in Ruhe essen!"

„Hmpf", grummelte Peter und Matze presste die Lippen aufeinander.

Ein Glück, dass der Eintopf so lecker war und trotz der Grumpflinge noch schmeckte.

Wobei Elli, Nala, Jakob und ich zu gerne gewusst hätten, was die Geheimnistuerei sollte. Was für Pläne meinte Peter wohl?

Ansteckend war Peters und Matzes schlechte Laune aber nicht. Wir hatten noch einen superlustigen Spieleabend und Frau Lesemann drängelte auch gar nicht, dass wir ins Bett sollten. „Schlaft morgen lieber etwas länger. Es ist ja sowieso so lange dunkel", meinte sie.
Als wir uns auf den Weg zu unserem Zimmer machten, lag Einstein jedenfalls schon seit einer Stunde in seinem Stall.
Tante Else war auf Nalas Schulter eingeschlafen. Wie ein kleines Baby trug Nala die Elster in ihren Armen.
„Guckt mal!", rief Elli plötzlich. Sie deutete auf ein Gemälde, das im Flur an der Wand hing. Vorhin hatten wir es gar nicht beachtet. „Der Typ sieht Peter total ähnlich."
Ich nickte. „Der hier guckt aber noch viel grimmiger."

Nala kniff die Augen zusammen. „*Wolfgang Keller – 1925*", las sie, was darunter stand. „Bestimmt ist das sein Vater oder sein Opa. Vielleicht ja der, der das alles hier gebaut hat?"
„Grummeligkeit ist also wirklich erblich, ich sag's doch", meinte Elli.

„Dem möchte ich jedenfalls nicht im Dunkeln begegnen", fand ich. Zu dem mürrischen Gesicht kamen noch die pechschwarze Kleidung und der Hut auf dem Kopf.
Bevor uns der Mann noch länger grimmig anstarren konnte, verzogen wir uns lieber schnell ins Zimmer.
Und obwohl wir eigentlich eine kleine Pyjamaparty veranstalten wollten – wir hatten extra eine Jumbo-Packung Cracker mitgebracht –, fielen uns gleich die Augen zu.
„Mach'n wir halt morg'n Tschamapatie", murmelte ich und war auch schon eingeschlafen.

7. Kapitel

Ein Schatten in der Nacht

„Pst, habt ihr das gehört?“, erklang Nalas Stimme in der Dunkelheit.
„Hmm, was ’n?“ Blinzelnd setzte ich mich in meinem Bett auf. „Was haste denn gehört?“
Doch im nächsten Moment wusste ich, was sie meinte. Ein Knarzen. Ein Knarren. „Schleicht da jemand herum?“
Einen Augenblick lang lauschten wir stumm den Geräuschen.

„Da muss halt jemand mal aufs Klo", sagte Elli. „Oder glaubt ihr an Nils' Geistergeschichte?"
„Nein, natürlich nicht!", sagte ich schnell. Auf einmal ertönten Schritte. Sie kamen näher. Und näher. Und dann klopfte es.
Ich hielt vor Schreck die Luft an.
Aber Quatsch, da stand doch bestimmt kein Hausgeist vor dem Zimmer! Solche Spinnereien dachte sich nur Nils aus.
Die Tür ging einen Spalt auf. Obwohl wir wussten, dass es albern war, wurden wir drei ganz steif.
„He, ihr! Seid ihr wach?"
„Jakob!", stieß ich hervor, sprang aus dem Bett und versuchte mir nicht anmerken zu lassen, wie sehr ich mich gefürchtet hatte. So was Doofes. Nur weil das Haus hier so alt war, hatte man auf einmal solche Gruselgeschichten im Kopf!
Jakob hatte seine Taschenlampe angeknipst und in deren Lichtschein sah ich, dass er im Gesicht weiß wie ein Gespenst war.
„Was ist denn los?", fragte ich.
„Chili und Schote sind weg! Sie mussen

irgendwie ausgebüxt sein. Was, wenn der dicke Kater sie schneller findet als ich?"
„Auweia!", stieß Elli hervor. Auch sie und Nala waren inzwischen aus den Betten geklettert.
Wir zogen schnell Pullis über unsere Schlafanzüge, schlüpften in unsere Hausschuhe – und dann nichts wie raus, um die kleinen Mäuse zu finden.
Tante Else blieb lieber, den Kopf in den Federn versteckt, auf Nalas Nachtkästchen sitzen.
„Du zwitscherst Bescheid, wenn du sie siehst, ja?", sagte Nala noch. Aber Tante Else zuckte nicht mal. Die nahm das mit dem Urlaub auf dem Bauernhof anscheinend richtig ernst.

„Chili und Schote sind so winzig und hier ist so viel Platz", flüsterte Jakob. „Die könnten einfach überall sein."
„Ach was. Die finden wir. Außerdem sind die schneller als der dicke Kater – und schlauer!", versuchte ich Jakob aufzumuntern.
Dabei war mir auch etwas mulmig. Und wenn ich mir meine Freundinnen so ansah, ging es

denen genauso. Langsam liefen wir den Gang entlang. Jakob leuchtete mit seiner Taschenlampe in jeden Winkel.

„Chili! Schote!", flüsterten wir immer wieder. Aber nur ganz, ganz leise. Wir wollten die Mäuse nicht erschrecken und auch niemanden wecken. Frau Lesemann wäre bestimmt nicht begeistert gewesen, wenn sie gewusst hätte, dass wir hier nachts herumschlichen.

Und nicht auszudenken, was Peter tun würde, wenn er mitbekam, dass wir ihm zwei zusätzliche Mäuse auf den Hof gebracht hatten! Wenn ich so darüber nachdachte, war er eine viel größere Gefahr als der dicke Kater. Immerhin hatte Peter was von Giftködern gesagt.

„He, hört ihr das?" Auf einmal fasste mich Nala am Ärmel.

Wieder war da ein komisches Geräusch:

Tock-tock-tock.

Am Ende des Ganges huschten wir in eine Nische – zwischen einem Schrubber und einem Staubsauger.

Vorsichtig lugten wir hervor. Doch es war nichts zu sehen. Das Geräusch aber war nach wie vor zu hören. Und waren da nicht auch Schritte, dort hinten in der Dunkelheit?
Erst als die Kälte langsam aber sicher in unsere Schlafanzüge kroch und noch immer nichts zu sehen war, flüsterte Elli: „Los, zurück in die Zimmer!" Ihre Stimme klang ganz komisch.
Sie huschte aus der Nische. Nala und ich folgten ihr.
Jakob aber blieb stehen und ließ den Kopf hängen.
„Und Chili und Schote?", flüsterte er.
„Vielleicht sind sie längst wieder in deinem Zimmer", sagte ich. „Schauen wir einfach mal nach!"
So recht glauben konnte ich das nicht, doch ich wollte nichts lieber, als zurück in mein sicheres, warmes Bett. Klar, es gab keine Geister. Aber dieses Haus mit seinen komischen Geräuschen fand ich trotzdem gruselig.
Wir machten uns auf den Rückweg.

Vor Jakobs Zimmer angekommen, legte er den Finger an die Lippen. „Hört ihr das?"
Wir nickten. Da war ein Rascheln. Ein Knurpsen. Und ein Piepsen!
Jakob riss die Tür auf.
„Da seid ihr ja!", entfuhr es ihm.
Natürlich viel zu laut. Es war schon fast ein Wunder, dass Frau Lesemann noch nicht auf der Matte stand. Doch auch der Deckenberg in Nils' Bett bewegte sich kein bisschen. Unser Klassenclown schien tief und fest zu schlafen. Aber gut, die ganze Zeit Unsinn auszubrüten, ging nun mal an die Reserven.
Inzwischen hatte Jakob seine beiden Mäuse auf der Hand und knutschte ihnen abwechselnd die Schnauzenspitzen.
Die beiden waren gar nicht richtig ausgebüxt gewesen. Sie hatten sich nur über Nils' Tasche hergemacht. In der hatte er anscheinend eine ganze Monatsration Müsliriegel.
„Ende gut, gute Nacht!", gähnte Elli und wir machten uns schleunigst auf den Weg in

unser Zimmer. Nicht dass es doch noch Ärger gab. Aber fürs Einschlafen waren wir noch viel zu aufgeregt.
„Was war das nur für ein Geräusch?“, flüsterte ich meinen Freundinnen zu. Ich hatte mich ganz fest in meine Decke gekuschelt.
„Bestimmt haben nur die alten Dielen geknarzt. Is’ bei meiner Oma genauso“, sagte Elli.
„Und das Klopfen?“, fragte Nala.
„Heizungsrohre“, sagte Elli. „Oder irgendwelche Tiere. Bei meiner Oma nisten manchmal Siebenschläfer in der Zwischendecke. Das hört sich an, als ob die Bowling spielen!“
„Aber was, wenn da jemand herumgeschlichen ist?“, fragte ich. Vor Schreck rutschte mir ein leiser Schrei heraus. „Oh nein, hätten wir vielleicht die Polizei rufen sollen?“
„Hallo? Auf diesem Hof gibt’s doch nicht mal was zu klauen. Habt ihr diesen Uraltfernseher im Speisesaal gesehen?“, meinte Elli. Sie kicherte. „Der Einbrecher hätte höchstens aus Mitleid was dazugestellt!“

Da beruhigte sich mein Herz ein wenig.
„Stimmt schon, ein altes Haus macht nun mal komische Geräusche. Sonst nix!"
Und mit dem Gedanken schlief ich kurz darauf ein.

8. Kapitel

Im Winterzauberland

„Es hat geschneit! Aber diesmal richtig!“, rief ich am nächsten Morgen, als ich die Vorhänge aufzog.
„Oh, wie das alles funkelt!“, freute sich Nala.
„Krawah!“, sagte Tante Else dazu und führte einen kleinen Freudentanz auf dem Fensterbrett auf. Dazu zwitscherte sie *Alle Vögel sind schon da*.
Eigentlich sang sie ja das ganze Jahr über

Weihnachtslieder, aber kaum war es Winter, überlegte sie es sich anders.
Der ganze Hof war jedenfalls weiß gepudert. Ach was, richtig eingemehlt! Ein paar Zentimeter dick. Außerdem war der Himmel aufgeklart. Er war leuchtend blau und im Sonnenschein glitzerte der Schnee.
„Einstein wird es lieben!", jauchzte Elli.
„Und wie!" Ich war mir sicher, dass der Professor von der weißen Pracht genauso begeistert sein würde wie Nala, Elli und ich – und wie der ganze Rest der Klasse.
Das Frühstück verputzten wir alle im Turbotempo. Und dann schlüpften wir sofort in unsere dicken Winterklamotten und nichts wie ab nach draußen!

„Wiehaaaaa!", jubelte Einstein und räkelte sich im Schnee.
Danach rappelte er sich auf, warf die Beine in die Luft – erst die vorderen, dann die hinteren und schließlich alle viere auf einmal. Und schon galoppierte er eine Runde über den Hof.

„In Deckung! Verrückt gewordenes Wildpferd!", jaulte Nils. „Attacke!" Er formte einen Schneeball und warf ihn zu Einstein.
Der machte genau in dem Moment den Mund auf – und fing den Ball zwischen den Zähnen. Prustend spuckte er ihn wieder aus. Meine Mitschüler hielten sich vor Lachen die Bäuche.
„Nils! Was habe ich zum Thema Unsinn gesagt? Schneebälle sind verboten", mahnte Frau Lesemann. „Baut doch lieber was Schönes!"
Das ließen wir uns natürlich nicht zweimal sagen.
„Das ist doch mal ein echt cooler Kunstunterricht", fand Jakob.
Er begann sofort, einen Einstein aus Schnee zu errichten. Nala, Elli und ich machten mit.
„Pfffffrrz!", schnaubte Einstein entrüstet.
Ich kicherte. „Er meint, so dick ist sein Bauch nun auch wieder nicht."
„Aber so baut es sich leichter", lachte Jakob.
Sina, Julia und Nina bauten eine Schneefrau.
Jan, Moritz und Sarah den passenden

Schneemann, und eine andere Truppe kümmerte sich um die Schneekinder und noch mehr Haustiere. Hund, Katze, Meerschweinchen. Das allerdings sah dann eher aus wie ein schiefes Schneehäufchen.
Sogar Matze hatte an diesem Morgen gute Laune und packte mit an. Er holte ein paar alte Hüte, Schals und sogar Krawatten für unsere Skulpturen und knipste Fotos. Kurz darauf lief auch Peter durch den Hof. Mit Schubkarre und Mistgabel. Mal wieder guckte er ziemlich mürrisch drein. Matze tat so, als ob er ihn nicht bemerkte – und Peter machte es genauso.
Elli und ich warfen uns einen Blick zu. Was die nur hatten? Wir hatten beim Frühstück sogar Lea danach gefragt, aber sie war plötzlich ganz schnell in die Küche geflüchtet. Von wegen, sie hätte einen Topf Milch auf dem Herd vergessen.
„Du, Peter, darf ich mit in den Stall? Biiiiiitte!“, erklang da Nils’ Stimme.
Ich guckte mich suchend um. Wo war der denn gewesen? Er kam aus einer ganz anderen Ecke

des Hofs angerannt. Na, hoffentlich hatte er nicht doch wieder etwas angestellt. Ich hatte absolut keine Lust, dass es noch mehr Ärger gab. Mir reichten schon die erwachsenen Streithähne!
„Oh ja, ich will mit in den Stall!“, rief Elli. „Und du kommst auch mit, oder?“
Ich zögerte einen Moment lang. „Der meckert uns doch nur wieder an“, sagte ich leise.
„Aber die Kühe und das Schwein waren so süß!“, beharrte Elli. „Einstein will sie bestimmt auch noch etwas besser kennenlernen und mit ihnen Freundschaft schließen.“
Da nickte ich und folgte Elli und Nils. Mit Einstein. Jakob und Nala bauten lieber am Schnee-Einstein weiter. Wir sagten noch Frau Lesemann Bescheid, was wir vorhatten, und sie hatte nichts dagegen. Allerdings wirkte Peter, wie zu erwarten, nicht sehr begeistert.
„Ihr Kinder steht mir bei der Arbeit doch nur im Weg herum!“
„Quatsch, wir helfen mit!“, sagte Elli.
Einstein wieherte und stupste Peter sanft mit

der Nase an. Da zeigte Peter wieder ein kleines Lächeln. Der alte Muffel schien den Professor wirklich zu mögen. Und umgekehrt!
Mit einem betont gequälten Seufzen winkte Peter uns hinter sich her.

Wie beim letzten Mal mussten wir uns erst an das Schummerlicht gewöhnen.
„Der Lichtschalter ist kaputt", erklärte Peter. „Aber ihr jungen Leute seht ja noch gut."
Die Kühe muhten uns freundlich an.
„Na, Bärbel. Guten Tag, Frau Hanne!" Peter begrüßte alle Tiere mit einer gurrenden Säuselstimme und kraulte ihnen den Hals. Griesgrämig sah er dabei überhaupt nicht aus.
Auch Einstein machte mit bei der Begrüßungsrunde.
Peter lachte. „Du bist schon 'ne Marke, du Minipferdchen!"
„Darf ich beim Misten helfen?", fragte Nils.
„Und Elli und ich können das Stroh verteilen!", schlug ich vor.

„Na gut“, brummte Peter. „Aber passt mir mit den Mist- und Heugabeln auf.“

Eine Weile sagte keiner was. Die Stallarbeit machte Spaß, war aber auch anstrengend. Also außer für Einstein. Der mampfte nämlich mit den Kühen, Nase an Nase, vom Heu. Angst hatte er kein bisschen. Dabei war ja schon der Kopf einer Kuh fast so groß wie unser Minipony.

Nils war so konzentriert, ihm kam die ganze Zeit nicht ein einziger doofer Spruch über die Lippen. So kannten wir den Klassenclown gar nicht.

Irgendwann aber räusperte sich Peter. Und plötzlich begann er zu erzählen. Viel mehr, als ich ihn je am Stück hatte reden hören.

„Wisst ihr, dieser Hof ist über hundertfünfzig Jahre alt. Mein Opa hat die Gebäude selbst gebaut. Damals war das alles noch Qualitätsarbeit!“ Er stellte die Mistgabel einen Moment beiseite und klopfte mit dem Daumen

gegen einen der
dicken Holzbalken.
„Das ist alles noch
top in Schuss. Aber
eben nicht mehr modern."
Nun bekam er wieder Falten
auf der Stirn. „Deswegen
kann man doch nicht alles
neu machen. Nur weil sich
irgendwelche Büroheinis, die
keine Ahnung von Tierhaltung
haben, neue Gesetze ausdenken! Jahrelang
haben wir alles so gehandhabt – und auf einmal
darf ein Stall nicht mehr so aussehen! Mein
Großvater würde sich im Grab umdrehen.
Aber eigentlich sollte er aus seinem Sarg steigen
und meinem Sohnemann mal die Meinung
sagen!" Peter machte ein nachdenkliches Gesicht.
„Ich würde mich nicht wundern, wenn das
tatsächlich mal passiert. Wisst ihr, manchmal
in der Nacht, da ist mir der alte Herr schon
begegnet!"

Ich machte große Augen. „Wie jetzt? Im Traum, oder?"
„Im Traum. In meiner Fantasie, als Geist …" Peter zuckte mit den Schultern. „So genau kann ich das nicht sagen. Auf jeden Fall sind solche alten Gemäuer nicht für Veränderungen gemacht."
Dann nahm er die Mistgabel wieder in die Hand und arbeitete weiter.
Elli und ich starrten uns an. Aber keiner von uns sagte etwas dazu. Dabei dachten wir beide natürlich an genau das Gleiche: die komischen Geräusche in der Nacht.
„Ach, deshalb stehen die Kühe immer noch hier in dem dunklen, engen Stall. Weil Sie Bammel vor Geistern haben und deshalb keine neuen bauen", rutschte es Nils jetzt heraus.
„Meine Kühe stehen hier, weil sie hier schon immer gestanden haben. Und weil sie bei mir ein gutes Leben haben", erwiderte Peter.
Nun hatte er doch wieder Grummelfalten auf der Stirn und wirkte abweisend.
Ein Glück, dass wir mit der Arbeit im Kuhstall

bald fertig waren. Betont freundlich verabschiedeten wir uns von Peter und schauten mit Einstein dann noch mal bei Archibald, dem Schwein, vorbei. Wieder hatte er sich im Stroh verkrochen.
„Arme Socke", murmelte Nils. „Wisst ihr, wie schlau Schweine sind? Wie Hunde! Den einfach hier so einzusperren …"
„Aber er wirkte doch gestern ganz zufrieden", meinte Elli.
„Schweine wollen draußen herumrennen, ihre Rüssel in die Erde stecken und buddeln. Und im Sommer planschen sie im Matsch. Ich wette, Archi war noch nie aus dem Stall draußen. Und alleine zu sein, ist für ein Schwein auch nichts", sagte Nils. „Die wollen nämlich kuscheln!"
„Wiehaa!", sagte Einstein dazu und das Schwein antwortete ihm mit einem freundlichen Grunzen.
Über was genau die beiden sich da unterhielten, sollten wir allerdings erst später erfahren.

Als wir zurück zu den anderen kamen, war im Hof schon eine ganze Schneeskulpturenlandschaft entstanden.
Einstein wieherte begeistert und warf vor Freude seine Beine in die Luft.
Jeder, der ein Handy oder einen Fotoapparat dabeihatte, knipste nun fleißig Bilder.
Tante Else posierte auf dem Kopf der Einstein-Skulptur und Einstein setzte sich grinsend daneben.
Nils tat so, als ob er mit der Schneedame knutschte.
„Nils! Also bitte!", sagte Frau Lesemann, musste aber auch lachen.
Überhaupt war alles nur ein einziges Gekicher und Gegacker. Sogar Peter kriegte es, als er aus dem Stall trat, mal wieder nicht hin, mürrisch zu gucken. Aber das mit dem Beinahe-Grinsen klappte nur so lange, bis ein schicker schwarzer Wagen in den Hof fuhr und ein Mann im Anzug ausstieg.
Im gleichen Moment kam Matze angelaufen.

„Herr Winkelmann! Toll, dass Sie da sind!“ Die beiden begrüßten sich mit einem Händeschütteln.

„Das da drüben ist mein Vater“, sagte Matze.

Als Herr Winkelmann auf Peter zuging und ihm die Hand hinstreckte, krallte der sich mit beiden Händen an der Mistgabel fest.

„Morg'n“, murmelte er. „Na, dann mal frohes Schaffen.“ Mit diesen Worten drehte er sich um und verschwand in der Scheune.

„Sie wissen ja, wie alte Leute manchmal sind“, erklärte Matze und trat dabei von einem Fuß auf den anderen.

Für uns Kinder war es dann aber erst mal Zeit zum Mittagessen. Allerdings warfen meine Freunde und ich uns auf dem Weg zum Speisesaal wieder ziemlich ratlose Blicke zu.

Nach einer kurzen Mittagspause ging es auch schon weiter – zum Rodeln! Schlitten hatten wir

zwar keine dabei, aber in der Scheune lagen zum Glück stapelweise alte Plastikfuttersäcke. Und auf denen konnte man prima den Hügel hinter dem Hof hinunterrutschen.
Sogar Frau Lesemann ließ sich nicht abhalten, es selbst zu versuchen. An Peters Gruselgeschichte dachten wir da erst mal nicht mehr. Jedenfalls nicht, solange es hell war. Und dunkel wurde es an diesem Abend früher, als uns lieb war.

9. Kapitel

Licht aus!

Als wir am Abend im Speisesaal zusammensaßen, hing die Klasse müde in den Stühlen. Müde und hungrig. Kein Wunder, wir waren ja den ganzen Tag an der frischen Luft gewesen.
Einstein war sogar freiwillig im Stall geblieben. Aber nicht in dem kleinen Ponystall, sondern bei den Kühen! Peter hatte ihn bei seiner abendlichen Fütterrunde mitgenommen und dabei hatte der Professor sich endgültig mit den großen Fellnasen

angefreundet. Und Peter mit Einstein! Auch wenn er immer sofort wieder grummelig guckte, sobald er eins von uns Kindern sah. Einstein himmelte er an, als wäre der ein Erdbeertörtchen mit extraviel Sahne.

„Diesmal müsst ihr nicht so lange aufs Essen warten", versprach uns Lea. „Der Herd funktioniert!"

„Ein Glück! Mein Magen knurrt lauter als ein wütender Säbelzahntiger!", rief Nils.

Von jedem Tisch durfte einer schon mal einen Brotkorb vorne an der Theke holen. Wobei Nala, Elli, Jakob und ich nichts gegen ein bisschen Warterei gehabt hätten. Denn wir hatten einiges zu besprechen.

„Wisst ihr was?", erklärte ich Nala und Jakob. „Peter glaubt, sein Opa schleicht hier herum, weil dem nicht gefällt, was Matze mit dem Hof vorhat."

„Was hat er denn vor?", fragte Jakob. Er pulte ein paar Brocken von seinem Brot ab und ließ sie in die Bauchtasche seines Kapuzenpullis rutschen.

Ein leises Fiepen erklang. Das war Mäusisch für: „Endlich, wir haben aber auch einen Kohldampf!“
„Auf jeden Fall hat es was mit diesem Krawattenheini zu tun, der vorhin hier war“, meinte Elli. „Vielleicht soll alles supermodern renoviert werden oder so.“
Ich nickte. „Die Ställe müssen auf jeden Fall neu gemacht werden. Da gibt es wohl Gesetze.“
„Deshalb hat Peter den Typen so grimmig angeschaut“, sagte Jakob.
Nala biss sich auf die Lippen. „Und glaubt ihr, die Geräusche letzte Nacht hängen mit diesem Gruselopa zusammen?“
„Quatsch!“ Elli schüttelte den Kopf. „Das waren Siebenschläfer, Ratten oder sonst was. Wer weiß, vielleicht haben wir auch einen Schlafwandler in der Klasse. Aber das war bestimmt kein Geist. Oder glaubst du etwa an Geister?“
Nala hob ihre Schultern. „Bisher hab ich noch keinen gesehen …“
„Huch!“, entfuhr es mir da. Auch einige andere aus der Klasse hatten aufgeschrien.

Etwas hatte geknallt. Und jetzt war es stockdunkel. Obwohl Elli genau neben mir saß, konnte ich sie nicht mehr sehen.
„Was ist denn jetzt los?“, stieß sie hervor.
„Huch!“, rief ich noch mal. Diesmal, weil mich jemand am Arm gepackt hatte.
Aber es war bloß Nala.
„’tschuldigung, bin so erschrocken“, sagte sie. Meinen Arm ließ sie jedoch nicht los.
Tante Else war aufgeflattert. Das sahen wir natürlich nicht, wir hörten es nur.
„Aua!“, schimpfte jemand. „Mann, Else, das ziept!“
Ich verkniff mir das Kichern. Vermutlich war die Elster auf den Haaren eines meiner Mitschüler gelandet.
„Oh nein! Die Sicherung!“, erklang Leas Stimme. „Ich hab den Wasserboiler und den Herd gleichzeitig angemacht. Wo ist denn nur die verflixte Taschenlampe?“
„In meinem Zimmer hab ich eine“, sagte Nils irgendwo im Dunkeln.

Es zischte leise, dann flackerte eine Kerze auf der Theke. Dahinter leuchtete Leas Gesicht.

„Wo bleiben denn Matze und Peter?", fragte sie. „Jemand muss die Sicherung austauschen!"

In dem Moment öffnete sich die Tür und zwei dunkle Gestalten traten herein. Oder besser, sie stolperten. Beide nacheinander über die Türschwelle.

„Nicht schon wieder die Sicherung!", schimpfte Matze.

„Ist doch kein Problem, ich wechsle die aus!"

Mit einigem Gerumpel bahnte sich Peter seinen Weg durch den Speisesaal. Mittlerweile hatte Lea ein paar mehr Kerzen angezündet. Aber die Taschenlampe hatte sie noch immer nicht gefunden. Auch Peter schaute jetzt noch mal in alle Schubladen.

„Verflixt. Die Sicherungen sind aus. Ich muss schnell in den Ort. Hoffentlich ist bei Fred, dem Elektriker, jemand zu Hause", sagte er.

Matze stöhnte. „Wir hätten diese uralten Keramiksicherungen längst austauschen lassen sollen. Bei den modernen muss man nur einen Hebel nach oben drücken und alles ist gut. Aber hier muss man gleich die komplette Sicherung auswechseln! Die ganze Elektrik hier im Haus ist aus der Steinzeit! Ein Wunder, dass noch nicht alles abgebrannt ist."

„So ein Quatsch! Früher war alles noch Qualitätsarbeit. Da brennt nix ab! Bin gleich wieder da!" Mürrisch stapfte Peter zur Tür und ließ sie hinter sich ins Schloss fallen.

„Also ich hol jetzt die Taschenlampe aus meinem Zimmer", beschloss Nils. „Die ist groß genug, um den ganzen Raum auszuleuchten."

„Ihr bleibt hier, bis der Strom wieder da ist!", erwiderte Frau Lesemann.

„Na ja, eine Taschenlampe wäre schon nicht schlecht", meinte Lea. „Ohne Licht kann Peter ja nachher die Sicherung nicht austauschen."

„Ich hab Eulenaugen, ich sehe auch im Dunkeln", erklärte Nils, stand auf und war bereits zur Tür hinaus.

„Aber beeil dich!“, rief Frau Lesemann ihm hinterher.
„Der arme Einstein“, sagte ich.
„Wieso denn?“, fragte Elli. „Der hockt doch nachts immer im Finstern.“
„Das stimmt auch wieder“, seufzte ich.
Eigentlich tat ich mir eher selbst leid. Weil ich hier im Dunkeln hockte und dabei nicht mit dem Professor kuscheln konnte.
Jakob flüsterte die ganze Zeit beruhigend auf Chili und Schote ein, aber ich glaube, das wäre gar nicht nötig gewesen. Obwohl die zwei so miniklein waren, waren sie nämlich streng genommen echte Superhelden. Angst im Dunkeln hatten die bestimmt nicht.
Nach und nach zündete Lea noch weitere Kerzen an. So wurde es richtig gemütlich.
„Viel besser als mit Strom“, sagte Julia.
Trotzdem wurden wir langsam ungeduldig.
„Wo Nils nur bleibt? Hätte ich den Quatschkopf doch nicht alleine gehen lassen!“, sagte unsere Lehrerin.

„Wir können ja mal nach ihm sehen", schlug Jakob vor. Er stupste mich an. „Kommst du mit, Alma?"
„Äh ja … klar …" Meine Antwort kam etwas zögerlich. Denn so richtig begeistert war ich nicht davon, im dunklen Gästehaus auf Nils-Suche zu gehen. Dafür hätte es Peters Gruselgeschichten gar nicht gebraucht.
„Gut. Aber nicht trödeln, ja?", sagte Frau Lesemann.
„Nehmt eine Kerze mit!", rief Lea noch und drückte mir ein flackerndes Windlicht in die Hand.

Jakob und ich gingen nach draußen. Eiskalte Winterluft schlug uns entgegen. Dank des vielen Schnees war es hier aber viel heller als drinnen. Ein paar Kühe muhten, ansonsten war nichts zu hören.
„Einstein schläft bestimmt tief und fest", sagte ich. „Außerdem sieht er auch im Dunkeln was, der muss sich nicht gruseln."

Wir liefen über den Hof, hinüber ins Gästehaus. Darin angekommen, brauchten wir erst wieder einen Moment, bis sich unsere Augen an die Dunkelheit gewöhnt hatten.
„Guck mal!“, rief ich. Im Schein der Kerze waren unsere Schatten an der Wand riesig.
„Boah, monsterhaft!“, sagte Jakob, breitete die Arme aus und gab grunzende Ungeheuergeräusche von sich.
Ich lachte – und stutzte. Seltsam, so völlig ohne Licht hörte sich das ganz anders an als sonst.
„Sag mal, wo steckt denn nun eigentlich Nils?“, fragte ich.
Jakob zuckte mit den Schultern. „Verlaufen wird er sich schon nicht haben. Der findet es bestimmt total cool, hier allein herumzustromern!“
Auf einmal erklangen Schritte. Irgendwo am anderen Ende des langen Ganges.
„Nils?“, rief ich.
Keine Antwort.
Ich blinzelte in die Dunkelheit.
Aber niemand war zu sehen.

„Nils, lass den Quatsch!", sagte ich. „Du kannst uns nicht erschrecken."
„Das hört sich irgendwie total komisch an", flüsterte Jakob.
Ich nickte. „Und wie."
Es waren schwere Schritte. Und außerdem war da wieder dieses merkwürdige Geräusch. Ein dumpfes Klopfen.
Vielleicht war das nur die Heizung, die vor sich hin polterte. Oder fiel eine Heizung auch aus, wenn der Strom nicht mehr ging?
Die Schritte wurden lauter.
Das Pochen auch.
„Der Stock!", rutschte es mir heraus. „Dieser Urgroßvater hatte doch so einen Gehstock …"
„Du glaubst doch nicht wirklich, dass es hier spukt?", fragte Jakob.
Aber seine Stimme wackelte ein bisschen.
„Hier rein, schnell!", flüsterte er nun und zog mich wieder in den Wandvorsprung. Vorsichtig lugten wir um die Ecke.
Da war jemand! Ein Schatten! Langsam schlich

er herum. Immer wieder erklang das Klopfen. Vor einer Wand blieb die Gestalt schließlich stehen. Wieder klopfte es. Und dann war der geheimnisvolle Herumschleicher auf einmal verschwunden!
Von einer Sekunde auf die andere.
Keiner von uns sagte etwas. Wir wagten nicht mal zu atmen. Es dauerte ein paar Minuten, bis wir uns aus unserem Versteck heraustrauten – und von dort aus gingen wir schleunigst an die frische Luft.
Mein Herz raste immer noch.
„Vielleicht haben wir uns bloß verguckt", flüsterte Jakob. „Es war ja total dunkel!"
Ich nickte. „Genau! Das war bestimmt nur Nils. Der wollte uns ärgern, sonst nix!"
„Hey, ihr!"
Wir fuhren herum – und blickten in ein grelles Licht.
„Nils! Wo hast du denn gesteckt? Und was machst du hier?"
„Ach, ich wollte nur noch mal Frischluft

schnuppern", sagte er. „Ist das nicht toll hier draußen?"
Allerdings sah ich genau, dass Nils irgendwelche dunklen Flecken auf der Jacke hatte. Bestimmt war er heimlich in der Scheune oder sonst wo herumgeschlichen. Deshalb hatte der auch unbedingt die Taschenlampe holen wollen – als Vorwand.
Jakob und ich schauten uns an. Eins war jedenfalls klar: Wenn Nils hier draußen war, dann war da drin jemand anderes gewesen!
„Was ist?", fragte Nils. „Ihr guckt so komisch."
Hm, war es eine gute Idee, Nils davon zu erzählen? Der würde sich doch nur kaputtlachen! Andererseits, vielleicht hatte er auch etwas mitbekommen?
Ich holte tief Luft. „Im Gästehaus war jemand. Eine seltsame Gestalt", stieß ich hervor. „Und dann ist sie von einem Moment auf den anderen verschwunden. Als hätte sie jemand weggezaubert!" Erst starrte Nils uns an, dann lachte er los. Was sonst?

„Ja klar – und ich bin der Osterhase!", rief er.
„Aber … es stimmt!", beharrte ich.
„Wir sind doch nicht bekloppt", meinte Jakob.
Nils tippte sich nur an die Stirn.
Er machte sich auf den Weg zurück zu den anderen und wir folgten ihm.

Gerade als wir den Speisesaal betraten, kam auch Peter angelaufen. „So, gleich haben wir wieder Licht. Ich hab die Sicherungen."
„Na endlich!", erklang Matzes Stimme aus einer dunklen Ecke.
Ansonsten war alles total still. Vermutlich lag das an den vielen Kerzen, die jetzt überall flackerten. Beim Blick in die Flammen wurde man immer ganz leise und nachdenklich. Wie beim Lagerfeuer.
„Jetzt ist es ja auch ohne Taschenlampe hell genug", sagte Jakob. Seine Stimme klang immer noch seltsam. Leise und ein bisschen kratzig.
„Stimmt was nicht?", fragte uns Nala.
Jakob und ich sagten erst mal nichts. Nala und

Elli hätten wir natürlich sofort alles verraten, aber doch nicht gleich der ganzen Klasse! Da allerdings kam uns Nils zuvor.
„Die zwei haben einen Geist gesehen!“, platzte er heraus. „Wie sah der eigentlich aus? Mit so einem weißen Bettlaken? Oder ein wandelndes Gerippe?“
„Einen Geist?“ Peter, der sich gerade am Sicherungskasten zu schaffen machte, drehte sich zu uns um.
„Äh, also …“ Ich schluckte.
„Wahrscheinlich habt ihr in der Dunkelheit einfach etwas verwechselt“, sagte Frau Lesemann.
„Ja, sicher!“, sagte Jakob schnell.
„So sicher ist das nicht“, wandte Peter ein.
Matze stöhnte auf. „Ach Vater, jetzt ärgere die Kinder nicht mit deinen Gruselgeschichten.“
„Ärgern? Ich kann sie nur noch mal warnen. Und auch dich! Bestimmt ist mein Großvater sehr erzürnt über das, was hier vor sich geht. Es würde mich nicht wundern!“

„Wie bitte?“, fragte Lea. „Hier schleicht ein Fremder herum? Dann müssen wir sofort die Polizei rufen!“
Peter lachte bitter. „Die Polizei? Die kann uns nicht helfen.“
„Höchstens die Ghostbusters!“, meinte Nils. Aber irgendwie klang auch seine Stimme auf einmal gar nicht mehr so fröhlich.
Peter atmete tief durch. „Wir können nur eins tun: dafür sorgen, dass mein Großvater weiter in Frieden ruht.“
Sofort begannen alle zu tuscheln. Manche kicherten, andere klangen erschrocken.
„Vater, was redest du denn da? Es gibt keine Geister und das weißt du ganz genau!“, erwiderte Matze. Er war nun nach vorne getreten und im Kerzenschein konnten wir genau sehen, wie grimmig er seinen Papa anschaute. „Dieser Hof lebt noch in der Vergangenheit. Aber es geht jetzt um unsere Zukunft. Deshalb können wir nicht weitermachen wie bisher!“ Seine Stimme war scharf wie Jakobs Taschenmesser.

In dem Moment ging das Licht wieder an. Alle mussten blinzeln.
Und kaum war es hell, konnte ich mir absolut nicht mehr vorstellen, dass hier ein Geist herumgestrichen war.
Aber irgendjemand war doch hier gewesen! Oder?

Später, als Nala, Elli und ich in unseren Betten lagen, konnten wir natürlich an nichts anderes denken als an die seltsame Gestalt.
„Und, wer glaubt ihr, war das?", flüsterte Nala. „Nils kann es ja nicht gewesen sein." Ihre Stimme war gedämpft zu hören, weil sie sich die Decke bis über die Nase gezogen hatte.
Tante Else zupfte keckernd an einem Deckenzipfel herum. Falls sie an Geister glaubte, hatte sie jedenfalls keine Angst davor.
„Es gibt keine Geister", sagte Elli. „Das weiß doch jedes Baby!"
Auch ich kuschelte mich tief in meine Decke. „Hm, selbst wenn es ein Geist wäre, müsste er ja

noch lange nicht böse sein." Ich überlegte einen Moment. „Eigentlich fände ich es noch viel gruseliger, wenn hier irgendein Fremder sein Unwesen treiben würde."
Elli gähnte. „Für einen Einbrecher gibt es hier jedenfalls nach wie vor nichts zu holen. Morgen bei Tageslicht schauen wir uns einfach alles noch mal genau an. Dann kriegen wir schon raus, was dahintersteckt. Gute Nacht!"
Nur gut, dass Elli so cool war. Da hatte auch ich keine Angst mehr. Zumindest fast keine.
„Nacht", murmelte ich also und schloss die Augen. Aber ich konnte mir nicht verkneifen, in die Dunkelheit zu lauschen.
Waren das Schritte? Oder bollerten doch nur wieder die alten Heizungsrohre? Wie auch immer, ich war so unglaublich müde, dass ich kurz darauf tief und fest eingeschlafen war.

10. Kapitel

Völlig versalzen

„Wiehaa!", begrüßte Einstein uns am nächsten Morgen im Speisesaal.
Er war schon damit beschäftigt, Lea beim Tischdecken zu helfen. Im Gegensatz zu Elli, Nala, Jakob und mir sah er topfit und ausgeschlafen aus. Geister waren ihm anscheinend vollkommen egal.
„Euer Pony ist der Knaller!", sagte Lea. „Das würde ich mir ja gerne mal länger ausleihen." Sie

stellte eine Thermoskanne auf den Tisch und schloss die Augen. „Eine kleine Pension mit einem Pony als Maskottchen. Das wär's!" Sie kicherte. „Oder einem Schwein? Vielleicht kann ich Archibald ja ein bisschen dressieren. Oder er guckt sich was von Einstein ab." Aber im nächsten Moment machte sie die Augen wieder auf und sah auf einmal gar nicht mehr fröhlich aus. „Ach was, Träume sind Schäume", stieß sie trocken hervor und fuhr damit fort, die Teekannen zu verteilen.

„Das ist doch eine klasse Idee!", sagte Frau Lesemann. „Also egal ob mit Schwein oder nicht, warum eröffnen Sie das Gästehaus nicht wieder richtig?"

Aber da sagte Lea gar nichts mehr, sondern putzte sich nur sehr umständlich die Nase.

„Seltsam, sehr seltsam", murmelte ich.

„Und wie", flüsterte Jakob. Allerdings meinte er nicht nur Leas merkwürdiges Verhalten. „Heute Nacht sollten wir noch mal ganz genau achtgeben", fuhr er fort.

Elli nickte. „Ja, dann kriegen wir auch raus, wer hier herumschleicht!"
Nala wurde ganz blass um die Nase. „Können wir uns nicht einfach im Hellen umschauen? Da sieht man ja auch viel mehr."
„Aber keine Geister", erwiderte ich.
Dabei wusste ich nach wie vor nicht, was ich denken sollte. Eigentlich glaubte ich nicht an Gespenster. Aber nur, weil man etwas noch nie gesehen hat, heißt das ja nicht, dass es das nicht gibt!
„Wie fängt man denn einen Geist?", überlegte Jakob laut. „Also, rein theoretisch, meine ich."
„Fesseln geht nicht. Geister sind ja so wie Luft", sagte Elli.
„Vielleicht bleiben sie irgendwo kleben?", schlug ich vor.
„Hm, das müsste man ausprobieren", sagte Jakob. „Und wie locken wir den Geist an?"
„Mit Knoblauch!", entfuhr es Elli.
Ich lachte. „Ich glaub, da hast du was verwechselt!" Dann schüttelte ich den Kopf. „Oh

Mann, Geister gibt es nicht. Wir finden bestimmt eine logische Erklärung für alles."
„Da wär' ich auch schwer dafür", murmelte Nala.
In dem Moment klatschte Frau Lesemann in die Hände. „Kinder, aufgepasst. Packt euch etwas Proviant ein und zieht euch warm an. Nach dem Frühstück machen wir eine große Winterwanderung!"
Über diese Abwechslung waren wir heilfroh. Denn Schnee und Sonnenschein klangen tausendmal verlockender als eine staubig-schummerige Geisterjagd.

Draußen vollführte Einstein einen Freudensprung. Tante Else schlug mit den Flügeln und trällerte *Fuchs du hast die Gans gestohlen.* (Vermutlich kannte sie den Text nicht so gut. Sonst hätte sie sicher etwas anderes gezwitschert!)
Als keiner guckte, ließ Jakob seine Mäuse ein bisschen im Schnee herumflitzen. Die Armen hatten bisher fast die ganze Klassenfahrt entweder im Zimmer oder in Jakobs Jacken-

taschen verbracht. Nur weil Peter sich so anstellte. Wobei ich den alten Knurrhahn gar nicht mehr so schlimm fand, seit er Freundschaft mit dem Professor geschlossen hatte.

Und genau da trat Peter aus der Scheune und begab sich Richtung Kuhstall.

„Brrrrrfz!", schnaubte Einstein und trabte freudig auf ihn zu. Er rieb seinen Kopf an Peters Beinen und brachte den Brummbär zum Grinsen.

Das nutzte Nils sofort aus. „Ich komm noch mal mit in den Stall, okay!"

Das Fragezeichen am Ende des Satzes ließ er lieber gleich weg. Dann hatte Peter weniger Gelegenheit zu widersprechen.

Elli guckte mich an. „Wir auch, oder?"

Schon folgten wir den beiden.

„Aber in einer Viertelstunde marschieren wir los!", rief unsere Lehrerin uns noch hinterher.

Wie beim letzten Mal war es total düster im Stall. Die Kühe begrüßten uns muhend und wir kraulten ihre weichen Nasen.

„Die würden bestimmt auch gern mal im Schnee toben – zusammen mit Einstein", sagte ich. Aber nur ganz leise. Nicht dass Peter wieder sauer wurde.
Nils seufzte. „Aber echt. Ihr ganzes Leben stehen die hier im Stall. Da muss man doch was machen!"
Elli kniff die Augen zusammen. „Willst du sie befreien, oder was? Das gibt aber richtig Ärger."
Nils zuckte mit den Schultern. „Schon klar …"
„Helft ihr mir jetzt, oder nicht?", rief Peter zu uns rüber.
„Klar!", erwiderte Elli und wir drei packten wieder mit an. Einstein half natürlich auch mit – beim Heuhalm-Probekosten.
Wir waren so bei der Sache, dass wir zusammenzuckten, als auf einmal Matze vor uns stand.
Er war nicht allein. An seiner Seite stand schon wieder ein Mann. Diesmal kein Anzugfutzi, sondern ein Typ in Jeans, Fleecejacke und schweren Wintergummistiefeln. Wir grüßten ihn, aber der Typ tat so, als ob wir gar nicht da wären.

Ich biss die Zähne aufeinander. Wie ich so was hasse! Wenn Erwachsene Kinder einfach übersehen, weil man die ja nicht für voll nehmen muss.

„Hey, ihr, könnt ihr uns bitte mal alleine lassen?", fragte Matze.

„Äh, wieso? Wir helfen doch Peter!", erwiderte Elli baff.

Auch ich schüttelte den Kopf. „Wir sind noch nicht fertig mit der Arbeit!"

„Nils, Elli, Alma, kommt ihr?", erklang es da. Es war Frau Lesemann. Ausgerechnet jetzt!

„Also?" Matze nickte uns zu.

„Das ist wohl nichts für Kinder, was? Wenn du hier meine Tiere verhökerst?" Auf einmal war Peter neben seiner Lieblingskuh aufgetaucht.

Matze fuhr zusammen. „Was versteckst du dich denn? Wir haben hier einen Termin mit Herrn Wolf. Vergessen?"

„*Du* hast einen Termin!", zischte Peter und verschränkte die Arme. „Du willst nämlich meine Kühe und alles verkaufen. Nicht ich!"

„Was, echt? Verkaufen?“, fragte Nils. Er hatte den Mann die ganze Zeit misstrauisch angeschaut.
Einstein schnaubte und schüttelte sich.
„Aber … sie bekommen ein schönes neues Zuhause, oder?“, fragte ich.
Daraufhin sagte Matze nichts. Und der andere Kerl stand sowieso nur stocksteif da.
„Keine Antwort ist auch eine Antwort“, knurrte Peter.
„Aber Vater, wir hatten das alles besprochen“, sagte Matze. „Du bist zu alt, um dich noch jahrelang alleine um die Tiere zu kümmern. Den Stall zu modernisieren, um ihn auch auf biologische Landwirtschaft umzustellen, können wir uns nicht leisten und wir haben dafür auch nicht genügend Platz. Und im Moment zahlen wir nur drauf. Mir wird die Arbeit auf dem Hof nebenher sowieso zu viel und …“
„Du wirst schon sehen, was du davon hast, wenn du den ganzen Hof verkaufst! Das wird Folgen haben! Schreckliche Folgen!“ Peter pfefferte

die Mistgabel in die Ecke und stampfte nach draußen.
Einstein schüttelte sich noch mal, dann folgte er Peter. So wie Nils, Elli und ich.

Bei unserer Wanderung war die Laune natürlich im Keller. Sogar Einstein legte missmutig die Ohren an. Und Tante Else piepte nur ganz leise vor sich hin. Den Trauermarsch. Zumindest hörte es sich so an.
„Darum war es die ganze Zeit gegangen", schimpfte Elli. „Matze will den Hof verkaufen!"
Unsere Klasse war völlig entsetzt. Besonders Nils.
„Wir müssen unbedingt was tun!", sagte er.
„Matze kann die Kühe doch nicht einfach weggeben. Die armen Tiere! Und überhaupt: Der Hof ist so toll! Diese uralten Gebäude … Die neuen Besitzer reißen doch bestimmt alles ab und bauen was Neues hin!"
„Der arme Peter", sagte ich. Auch wenn er ein mürrischer Muffel war, er liebte seine Tiere und behandelte sie gut. „Was macht der denn ohne

Bauernhof?" In einer kleinen Wohnung konnte man sich den nun wirklich nicht vorstellen.
„Wenn die Kellers Geld brauchen, sammeln wir eben welches!", rief Sina.
Ausgerechnet sie. Immerhin war sie so was wie unsere Klassenzicke. Aber wenn es um die Wurst ging, hielten wir alle zusammen.
„Genau, wir legen unser Taschengeld zusammen", schlug Jan vor.
„Wir könnten einen Flohmarkt veranstalten!", rief Nala.
Frau Lesemann seufzte jedoch.
„Ich finde es wirklich toll, dass ihr helfen wollt. Aber hier ist viel mehr Geld im Spiel – und noch etwas anderes. Matze hat sich das bestimmt alles lange überlegt. So mir nichts dir nichts gibt man seinen Hof nicht auf."

Elli stemmte die Arme in die Seiten. „Dann können wir nur hoffen, dass der Urgroßvater noch mal kräftig herumspukt. Vielleicht

bringt das Matze davon ab, den Hof zu verkaufen."

Ich machte große Augen. „Ich dachte, du glaubst nicht an Geister?"

„Wenn man welche braucht, dann schon!", sagte meine Freundin.

„Hm, womöglich geht es ja auch ohne Geister …", wandte Nils ein. Leise fuhr er fort: „Vielleicht sind Vampire viel besser …."

Ich guckte ihn an. „Was? Wie meinst du das?"

Aber Nils antwortete nicht, sondern starrte nur nachdenklich vor sich hin.

Beim Abendessen bekamen wir alle kaum einen Bissen herunter. An sich war das besser so, es schmeckte nämlich auch nicht. Die Nudeln waren so versalzen, die hätten prima zu unseren verkorksten Törtchen von damals gepasst.

„Wir brauchen den Geist!", flüsterte Elli uns zu. „Und dann müssen alle erfahren, dass es hier spukt. So einen Hof kauft doch keiner!"

„Dann fehlt immer noch das Geld, um alles zu

renovieren", sagte Jakob. „Und so wie der Stall jetzt aussieht, geht das nicht mehr weiter. Wegen der Gesetze."

„Aber wir hätten mehr Zeit zum Nachdenken", erwiderte ich. „Es *muss* eine andere Lösung geben, als die Tiere wegzugeben und den Hof zu verkaufen. Das wäre doch ein Riesenmist!"

Jetzt kullerten mir ein paar Tränen die Wangen herunter und fielen in mein Essen. Aber viel versalzener konnte es kaum werden.

Auch unsere Mitschüler sahen traurig aus. Nicht mal Nils machte blöde Witze. Er starrte die ganze Zeit nur angestrengt grübelnd vor sich hin.

11. Kapitel

Ein Geheimnis in der Nacht

„Elli! Nala! Habt ihr das gehört?“, fragte ich.
„Was ’n?“, murmelte Elli müde.
Aber dann rieb sie sich die Augen und erinnerte sich daran, dass gar nicht weit von ihr entfernt vielleicht ein Geist seine Runden drehte.
„Das klang aber nicht wie ein Gespenst“, fand Elli.
„Krakrakra“, sagte Tante Else dazu. Sie sah auch etwas müde aus und kratzte sich mit dem Fuß unter dem Kinn.

Wieder ertönte das Geräusch! Ein Prusten. Und ein Scharren.
Es kam von draußen. Aber wie ein Geist hörte es sich nun wirklich nicht an.
Ich sprang aus dem Bett und zog den Vorhang am Fenster auf.
„Einstein!"
Nala lachte. „Ein echtes Gruselpony. Oder ein Geisterjägerpony? Na, dann holen wir ihn mal rein! Es wäre ja nicht das erste Mal, dass Einstein uns hilft, ein Problem zu lösen."
„Aber leise!", sagte ich. „Nicht, dass wir …" Ich stockte.
„… den Geist erschrecken?", fragte Elli kichernd.
Ich kicherte leise mit, aber ganz wohl war mir immer noch nicht. Wenn wir nur endlich wüssten, was hinter dem Spuk steckte!

Nala, Elli und ich schlüpften in warme Klamotten und zogen unsere Mützen an. Auf Zehenspitzen schlichen wir über den Flur zur Haustür.
Ich kraulte Einstein zwischen den Ohren, hielt

ihm dabei aber sicherheitshalber den Mund zu. Nicht dass er zu freudig wieherte.
Elli deutete auf Einsteins Hufe. „Mit denen macht er hier drin viel zu viel Lärm!"
„Dann braucht er … Moment!" Nala huschte zurück ins Zimmer. Kurz darauf kam sie wieder. „Die hat meine Oma gestrickt! Die sind superdick!"
Sie präsentierte uns zwei Paar kunterbunte Wollsocken.
„Superschick!", sagte Elli, nachdem wir sie Einstein über die Hufe gezogen hatten.
„Was ist denn hier los?" Auf einmal stand auch Jakob in der Tür.
„Das Geisterjägerpony ist da!", erwiderte ich.
„Dann fehlt ja nur noch der Geist", sagte Jakob. Und auf den mussten wir gar nicht lange warten.

Wenig später erklangen Schritte auf dem Flur. Schleichende Schritte.
„Aber das Klopfen fehlt", wisperte Elli. „Es kann also nicht dieser Urgroßvater sein!"

„Vielleicht muss ja nur mal jemand aufs Klo“, sagte ich und hoffte, dass es auch so war. Denn selbst wenn ein Geist den Verkauf des Hofs rauszögern konnte, wollte ich ihm nicht unbedingt in die Arme laufen.

„Los jetzt!“, meinte Jakob und wir schlichen weiter.

„Einstein, ganz leise, ja?“, flüsterte ich unserem Professor ins Ohr.

Der machte keinen Mucks. Er schien mich verstanden zu haben. Und obwohl eine Geisterjagd ohne Pony vermutlich einfacher gewesen wäre, war ich froh, dass der Professor dabei war. Jeder mochte kleine süße Ponys – vielleicht sogar das komische Gruselgespenst. Auf dem Flur hörten wir immer noch Schritte. Genau aus der Richtung, in die in der Nacht zuvor der Schatten so plötzlich verschwunden war.

Und tatsächlich! Da hinten war wieder jemand! Wir sahen nur die Umrisse und lauschten mit angehaltenem Atem. Langsam, ganz langsam bewegte er sich den Gang entlang.

Dann erklang noch ein Geräusch. Ein leises Knirschen. Ein sanftes Knarren. Und auf einmal war es still.

„Er ist wieder verschwunden!", wisperte ich.

„Los, nachschauen!", drängelte Elli.

Wir holten alle tief Luft – nur Einstein prustete leise – und dann machten wir uns auf den Weg.

„Nichts! Nichts und niemand!", flüsterte Jakob.

„Aber das kann nicht sein", murmelte ich. „Wir haben uns das doch nicht eingebildet!"

Bis eben waren wir, damit uns niemand bemerkte – egal ob Geist oder sonst wer –, im Dunkeln herumgeschlichen. Nur das Mondlicht leuchtete durch die Fenster. Jetzt aber stupste Einstein Jakob in die Seite.

„Hast recht, Dicker, wir müssen uns mal genau umschauen", sagte Jakob und knipste seine Taschenlampe an. Er ließ den Lichtschein dort herumschwirren, wo der Schatten verschwunden war.

„Das Geräusch …", murmelte Jakob. „Das hat sich doch angehört wie eine Tür."
„Aber hier ist nur eine Wand", wunderte ich mich.
„Vielleicht ist es ja eine *magische* Tür", sagte Nala. Aber dann schüttelte sie schnell den Kopf. „Quatsch! So was gibt's natürlich nicht."
„Da!", stieß Jakob plötzlich hervor.
Viel zu laut!
Wir klappten alle unsere Münder zu und lauschten. Auch Einstein wackelte mit den Ohren hin und her.
Doch irgendwie schien die Landluft unserer Lehrerin sehr gut zu tun, die schlief ja wie ein Murmeltier!
Im Flüsterton fuhr Jakob fort: „Seht mal!" Er ließ den Strahl seiner Taschenlampe die Blümchentapete entlangwandern. Die war, wie es aussah, mit einem Messer aufgeschlitzt worden. Und dieser Schlitz hatte die Form einer Tür!
„Also kein Geist!", rutschte es mir heraus. Jemand schlich hier herum und war heimlich

hinter der Tür verschwunden. Hinter einer echten Geheimtür.
Jakob griff in seine Hosentasche und zog etwas hervor. Einen kleinen Schraubenzieher. Mit dem fuhr er in die Lücke – und die Tür öffnete sich. Knarzend und knarrend.
„Schnell! Runter! Das hat bestimmt jemand gehört", flüsterte Elli.
Einstein prustete wieder leise und schüttelte sich.
„Stimmt. Das ist nix für Ponys", stimmte ich ihm zu. „Du wartest hier. Ja, Dicker?"
Denn hinter der Tür ging es eine steile Treppe hinunter. Steil, eng und düster.
„Ich wette, die führt in einen alten Felsenkeller", sagte Jakob.
Ich ging neben Einstein in die Knie und streichelte ihn. „Wenn wir in zwanzig Minuten nicht hier sind, dann weckst du Frau Lesemann. Verstanden?"
Er stupste mich sanft an.
„Zwanzig Minuten?", entfuhr es Nala. „Also mir reichen fünf! Oder drei!"

Aber mit kam sie trotzdem, und so schlichen wir im Gänsemarsch vorsichtig die steile Treppe nach unten.

Es war wirklich ein alter Felsenkeller. Erst führte er einen schmalen Gang entlang. Die Decke war so niedrig, dass wir gerade mal stehen konnten. Es roch feucht und muffig.
Keiner von uns sagte etwas. Denn wieder hörten wir Schritte.
Und wer auch immer dort herumschlich, sollte uns besser nicht bemerken. Deshalb hielt Jakob auch eine Hand vor seine Taschenlampe. So, dass sie nur ein bisschen Licht von sich gab und man uns nicht schon von Weitem sehen konnte.
Plötzlich ertönte wieder ein Geräusch – das seltsame Klopfen! Ich spürte, wie eine Hand nach meiner fasste. Nala.
„Der Urgroßvater", wisperte sie.
Ich schluckte. „Es gibt keine Geister. Da will uns bestimmt nur jemand ärgern."
Im nächsten Moment dachte ich wieder daran,

dass wir doch eigentlich einen Geist brauchten.
Oh Mann, war das verzwickt!
Wir gingen weiter. Die Schritte waren noch immer zu hören.
Doch dann: Stille.
Jakob, der vorausging, blieb auf einmal stehen. Schnell knipste er seine Taschenlampe aus. Jetzt sahen wir, dass vor uns auch ein Taschenlampenlichtkegel herumschwirrte.
Ein Gespenst mit Taschenlampe?
Und dann blitzte es. So grell, dass ich Sternchen sah.
Im gleichen Moment erklang ein flatterndes Geräusch.
„Waaah!", schrie Nala. „Da ist was in meinen Haaren!" Dann war es wieder still. Und weil es viel zu dunkel war, hatten wir auf die Schnelle nichts erkannt.
„Hallo? Was macht ihr denn hier?", fragte eine Stimme.
Nils.
Noch eine Taschenlampe leuchtete auf.

„Hab ich euch nicht gesagt, ihr sollt nicht überall eure Nasen reinstecken?", sagte jemand in der Dunkelheit.
Peter!
Was machten die beiden denn hier?
„Also wart ihr das die ganze Zeit? Ihr habt wirklich Geist gespielt?", fragte Elli.
„Das kann doch nicht wahr sein!"
Ich fuhr herum. Auf einmal stand noch jemand bei uns. Matze! Wir hatten in der Aufregung gar nicht gehört, dass er uns gefolgt war. Und Einstein hatte auch nicht Alarm geschlagen. Wahrscheinlich hatte er Matze einfach nicht für eine Gefahr gehalten. Kein Wunder. Er war ja auch einer seiner besten Freunde!
„Papa! Was hast du nur für Ideen?" Matze seufzte tief. „Du machst doch alles noch schlimmer! Meinst du wirklich, du kannst mit deinem Herumgespuke verhindern, dass wir den Hof verkaufen müssen? Das ist doch albern!"

„Herumgespuke? Du hast einfach keine Ahnung, mein Sohn!“, zischte Peter.
„Komm jetzt nicht wieder mit deinen Geistergeschichten!“, sagte Matze. „Ich kann das nicht mehr hören!“
Jetzt klang Matze wirklich stinksauer, und obwohl es so düster war, hatte ich den Eindruck, dass seine Ohren vor Wut glühten.
Peter sagte gar nichts mehr. Er ging nach draußen. Aber nicht die Treppe hoch. Es schien noch einen Hinterausgang zu geben, der direkt in den Hof führte.
Nils stand ziemlich verloren da.
„Und du steckst also mit ihm unter einer Decke, ja?“, fragte Matze ihn mit ernster Stimme.
Nils zuckte mit den Schultern. „Ja, irgendwie schon, aber …“
Matze schnitt ihm das Wort ab. „Lass es, Nils! Den Rest solltest du besser deiner Lehrerin erklären!“
Mitleidig guckten wir Nils an. Dass er Ärger bekam, wollten wir alle nicht. Erst recht nicht,

seit wir gemerkt hatten, was er draufhatte, wenn er mal keinen Quatsch machte. Aber so wie es aussah, führte am Ärger jetzt kein Weg mehr vorbei.

12. Kapitel

Abschied für immer?

Am nächsten Morgen hatte die ganze Klasse schon vor dem Frühstück ihre Sachen gepackt. Herr Pumpernickel wollte das Gepäck wieder mit dem Auto zurück zur Schule fahren. Im Speisesaal lächelte Lea uns an, aber wir merkten alle, dass das kein echtes Lächeln war.
Einstein verpasste ihr einen sanften Stups, doch als sie ihm die Stirn kraulte, sah sie noch trauriger

aus. Ich glaube, ihr kullerte sogar eine Träne herunter.
Elli, Nala, Jakob und ich guckten uns an und seufzten im Chor. Auch unsere Mitschüler mampften missmutig vor sich hin. Obwohl diesmal nichts versalzen war, hatte keiner Appetit. Was hatten wir uns letzte Nacht noch den Mund fusselig geredet. Nicht nur meine besten Freunde und ich. Unsere Mitschüler waren bei dem Trubel natürlich wach geworden und dann hatten wir uns alle noch mal mit Frau Lesemann zusammengesetzt. Also alle außer Nils. Den hatte unsere Lehrerin nach der nächtlichen Gruselaktion aufs Zimmer geschickt.
Jedenfalls war alles Gegrübel vergeblich gewesen. Uns fiel einfach keine Lösung ein, wie wir den Hof retten konnten. War das ein Riesenmist! Ein Lottogewinn hätte jetzt geholfen, aber leider ging so was ja nicht auf Knopfdruck. Nils war auch den ganzen Morgen nicht aufgetaucht. Komischerweise hatte Frau Lesemann gar nichts mehr dazu gesagt.

„Vielleicht hat er immer noch Zimmerarrest?“, überlegte Elli.
„Aber dann hätte ich ihn dort doch gesehen“, entgegnete Jakob. „Er war schon weg, als ich aufgestanden bin.“
„Oje, dann wurde er bestimmt schon von seinen Eltern abgeholt“, sagte ich.
„Der Arme!“, seufzte Nala.

Und dann war es Zeit, Abschied zu nehmen. Einstein schlappte mit hängendem Kopf über den Hof. Tante Else wollte einfach nicht von Nalas Schulter runter. Als hätte sie Angst, dass auch sie irgendwohin gehen musste, wo sie gar nicht hinwollte.
Weder Matze noch Lea noch Peter waren irgendwo zu sehen. Es war so still, dass ich sogar ein klitzekleines bisschen froh gewesen wäre, die beiden streiten zu hören.
Erst drucksten wir noch herum, aber dann holten wir Luft und betraten ein letztes Mal den Kuhstall. Alle Kühe begrüßten uns

freundlich. Der Trubel schien ihnen richtig zu gefallen.
Wir kraulten die weichen Kuhnasen und tätschelten ihre dicken Bäuche.
„Wiehaaa!", rief Einstein und scharrte mit den Hufen.
Die Kühe antworteten einstimmig mit „Muh".
Ich biss mir auf die Lippen.
„Mir kommt das alles vor wie ein schlechter Traum. Wir müssen doch was machen!", stieß ich hervor. „Die dürfen den Hof nicht verkaufen und die Kühe weggeben!"
„Das haben wir doch schon tausendmal durchgekaut. Öfter als die Kühe das mit ihrem Heu machen", sagte Elli. „Wir können nichts tun."
Dabei war sie mit ihrem Sturkopf immer die Letzte, die aufgab.
„Schöne Grüße von Nils", sagte Nala zu den Kühen. „Der hätte sich bestimmt auch gerne von euch verabschiedet. Aber … na ja, ihm ist wohl was dazwischengekommen."

Dann sagten wir natürlich auch noch Archibald Tschüss.
Der lag mal wieder tief im Stroh vergraben.
Mehr als ein müdes Grunzen bekam er nicht heraus.
Oder war er traurig? Weil er genau wusste, was los war?
Dann musste ich ganz schnell wieder raus an die frische Luft.
Abschied nehmen war so was von doof! Vor allem, wenn es ein Abschied für immer war.

Allerdings mussten wir ja auch noch den Zweibeinern Lebewohl sagen.
Lea, die inzwischen aus dem Haus gekommen war, umarmte jeden von uns ganz fest. Einen nach dem anderen.
„Von mir aus hättet ihr noch bis Weihnachten bleiben können. Ach was, bis Ostern!", sagte sie und beugte sich zu Einstein herunter.
Der schnaubte und drückte ihr einen Ponykuss auf die Wange.

Nun tauchte auch Matze aus irgendeinem verborgenen Winkel auf.
„Kommst du denn noch mal zum Pony-Café?", fragte ich.
„Ich liefere alle Restvorräte noch aus. Aber dann müsst ihr euch jemand Neuen suchen", sagte er. „Wenn der Hof verkauft ist, werde ich nur noch in meinem alten Job arbeiten. Als Schreiner." Er kraulte Einstein die Nase, wobei ihm Tränen in die Augen stiegen.
So was Bescheuertes aber auch! Keiner der Kellers wollte den Hof verkaufen und niemand von ihnen wollte woanders leben. Und trotzdem sollte es keine andere Lösung geben?
„Wann …?" Ich räusperte mich. „Wann werden die Tiere denn … abgeholt?" Meine Stimme war so leise, dass ich sie fast selbst nicht hörte.
Aber Matze verstand mich irgendwie trotzdem. „Heute Nachmittag", sagte er und war auch nicht viel lauter als ich.
„Quatsch mit Glibberquark!", erklang es da.

Eben hatte ich noch meine Schuhe angestarrt, um nicht loszuheulen. Jetzt schreckte ich auf. Es war Nils. Und er war nicht alleine. Peter war an seiner Seite. Und noch jemand. Mal wieder ein fremder Mann. Aber der sah weder aus wie ein Makler noch wie einer, für den Kühe nur Sonntagsbraten waren.
„Das ist Herr Wutzke", verkündete Peter, der bis über beide Ohren grinste.
Wo hatte der denn auf einmal die gute Laune her?
„Herr Wutzke kann alles bezeugen!", rief Nils. „Also, dass es hier spukt. Aber das sind keine Geister, sondern …", er verstellte seine Stimme zu einem gruseligen Raunen, „Vampiiiiiiiire!"
„Nils, jetzt komm doch mal zur Sache!", unterbrach ihn Frau Lesemann.
Dabei klang sie gar nicht sauer oder ungeduldig. Sie schien sich auch nicht zu wundern, dass Nils auf einmal mit einem Fremden hier aufgetaucht war. Zur Strafe heimgeschickt hatte sie ihn anscheinend doch nicht.
„Okay, dann passt mal auf!", sagte Nils.

Und dann begann er zu erzählen.
Alle lauschten gebannt. Also alle, bis auf Einstein. Der hatte etwas anderes vor. Aber vermutlich hatte der kleine Schlaumeier eh mal wieder alles als Erster gecheckt.

Herr Wutzke war vom Naturschutzbund und die Vampire, von denen Nils quasselte, waren Fledermäuse! Und zwar ganz besondere. Das heißt, natürlich sind *alle* Fledermäuse besonders. Wie auch alle Tiere und alle Menschen etwas Besonderes sind. Jede Fledermausart steht in Deutschland unter Naturschutz. Aber ein paar von ihnen sind extrem selten. So wie die Mopsfledermaus. Davon gibt es bei uns nur ganz, ganz wenige Exemplare. Und einige davon lebten auf dem Keller-Hof! Im alten Felsenkeller.
Jetzt verstand ich auch, was Nala dort unten in die Haare geflattert war: ein kleiner Flugmops. Und überhaupt, wenn jemand hier herumgespukt hatte, dann nur diese Flattertiere – und Nils, der ihnen auf der Spur gewesen war.

Der hatte nämlich gleich gemerkt, dass das alte Gästehaus mit all seinen Nischen und Ritzen ein ideales Fledermaushotel war. Und um sie ausfindig zu machen, hatte er vorsichtig herumgeklopft. So wollte er die Hohlräume finden, in denen sie sich versteckten. Also von wegen Gehstock vom verstorbenen Urgroßvater!

Das alles hatte Nils superheimlich gemacht, weil er ja keinen Ärger mit Frau Lesemann riskieren konnte. Den Tieren auf die Spur kommen, wollte er natürlich trotzdem. Nils hatte auch sein Bett ausgestopft, damit Jakob und wir dachten, er läge brav darin.

Bei diesen geheimen Streifzügen hatte Nils den alten Felsenkeller entdeckt. Der war seit Jahrzehnten nicht genutzt worden. Als auf dem Hof kein Gemüse mehr angebaut wurde, hatte man ihn zum Lagern nicht länger gebraucht.

Es gab einen Hintereingang, der wurde aber auch nicht genutzt. Und der Zugang zum Haus, der war die ganze Zeit hinter der Tapete versteckt

gewesen – bis Nils herkam und heimlich herumschnüffelte.
Und zum Glück war Nils nicht nur ein ziemlicher Quatschkopf, sondern hatte auch richtig was drauf. So hatte er gestern endlich Peter von seiner Entdeckung erzählt. Die beiden hatten heute Morgen Herrn Wutzke besucht, und der verkündete uns jetzt, dass auf dem Hof auf keinen Fall etwas abgerissen werden durfte.
„Das Haus muss für die Fledermäuse erhalten bleiben. Dafür gibt es sogar Fördergelder!", erklärte er.
„Bestimmt nicht genug, um gleich noch den Rest mitzurenovieren", seufzte Matze. Der hatte Nils' Vortrag gespannt zugehört, aber Sorgenfalten auf der Stirn hatte er immer noch. „Von einem Fledermaushotel können wir nicht leben."
„Aber von einem echten Hotel!", sagte Lea. „Oder zumindest von einer Frühstückspension. Lasst uns das Gästehaus wieder richtig eröffnen! Den Kindern hat es hier so gut gefallen – anderen Gästen geht es sicher ähnlich. Und wenn ich eine

ganze Schulklasse satt bekomme, dann schaff ich alles!“ Sie zwinkerte in unsere Richtung.

„Und die Tiere?“, fragte Matze.

„Wiehaaa!“, erklang es in dem Moment.

Klar, das war Einstein. Und der spazierte gerade aus dem Kuhstall heraus.

Aber nicht alleine! Hinter ihm liefen Gitti und Emma. Bärbel und Hanne. Dahinter kam Fridi … Kurz gesagt, *alle* Kühe versammelten sich im Hof.

„Was ist denn hier los?“, stieß Matze hervor.

Herr Wutzke lachte. „Aufstand der Tiere, würde ich sagen!“

Da erklang ein Grunzen. Auch Archibald war frei! Wie es aussah, hatte Einstein sämtliche Gatter geöffnet.

Im Schweinsgalopp raste Archibald durch den Hof und grinste dabei fröhlich von einem rosa Ohr zum anderen. Auch ein paar Kühe begannen zu rennen oder warfen die Beine in die Luft.

Aber dann waren sie auch ganz schnell wieder ruhig. Sie stupsten ihre Nasen in den Schnee und

muhten zufrieden. Und alle freuten sich über ein paar Streicheleinheiten.
Wieder musste Herr Wutzke lachen. „Ich würde sagen, die brauchen gar keinen neuen Stall! Die brauchen frische Luft und etwas Gesellschaft."
Da wieherte Einstein wieder.
Ich nickte. „Gute Idee, Professor!"
Meine Freunde und auch die anderen Mitschüler blickten mich fragend an. Erst wurde ich ein bisschen rot, aber dann erzählte ich ihnen, was mir Einstein sagen wollte. Oder was mir gerade eingefallen war.
„Eigentlich ist es doch total einfach: Lea würde gerne eine Pension eröffnen – also nicht nur für Fledermäuse. Und Gäste, die Urlaub auf dem Land machen, freuen sich über Tiere. Vor allem über so nette!" Ich holte kurz Luft, dann sprach ich weiter. „Also streng genommen ist das hier doch ein riesiger Streichelzoo! Streichelzootiere werden auch nie zu Sonntagsbraten, sondern sind einfach zum Liebhaben da. Dann könnten die Kühe für immer bleiben und hier alt werden. Und

man könnte noch viel mehr für die Touristen machen. Einen kleinen Hofladen eröffnen. Lea wollte doch so gerne wieder Hühner halten. Und sie könnte auch wieder Gemüse anbauen. So wie früher! Und wenn die Kühe rausdürfen, sind sie tausendmal glücklicher und die Touristen freuen sich bei ihrem Anblick. Einen neuen Superstall braucht man also auch nicht! Jedenfalls, wenn die Äcker zur Weide werden!"
Also ich fand, das klang alles super.
Allerdings guckten die Erwachsenen immer noch ziemlich nachdenklich. Besonders Peter.
„Urlaub auf dem Bauernhof? Ständig fremde Leute hier?"
„Hallo, geht's noch?", entfuhr es Nils. „Ich meine, wenn der Hof verkauft ist, dann sind hier nur noch fremde Leute."
„Außerdem ist es so schön, wenn hier etwas Leben reinkommt!", seufzte Lea. Sie fasste Peter am Arm und zog ihn an sich heran. „He, alter Dickkopf. Denk mal drüber nach."
„Hm", sagte Matze. „Ein Ferienhof mit Ferien-

kühen …" Er betrachtete die muhende Meute um sich herum. Und dann grinste er. „Wer weiß, vielleicht kann Einstein unseren dicken Damen noch ein paar Kunststücke beibringen!"

„Und Archibald darf natürlich auch bleiben!", rief Nils. Er war schon auf das Schwein zugestürmt und kraulte ihm den Rüssel. „Und am besten bekommt er noch einen Schweinekumpel dazu. Dann kann er mit ihm gemeinsam die Äcker umgraben! Bevor wieder Gemüse draufkommt."

„Wiehaaa!", rief Einstein und warf die Beine in die Luft. Alle viere auf einmal.

Frau Lesemann schüttelte den Kopf. „Nils, Nils, was mache ich nur mit dir?"

„Äh … mir vielleicht eine Eins für meine tollen Ideen geben?", schlug Nils grinsend vor. „Und fürs Vampirentdecken."

Da musste Frau Lesemann lachen. Und alle lachten mit.

„Na dann", sagte Matze. „Dann packen wir es mal an."

Natürlich musste trotzdem noch einiges geklärt werden. Bevor das Ferienhaus wieder richtig eröffnet werden konnte, war eine Menge zu tun. Aber Matze war ja praktischerweise Schreiner. Der konnte vieles selber machen. Und dann fiel noch fast jedem aus der Klasse jemand ein, der irgendetwas für den Hof der Familie Keller tun konnte. Eine Mama, die gut Fliesen legen konnte. Ein Onkel, der früher Elektriker gewesen war. Ein Nachbar, der sich mit klapprigen Fenstern auskannte.

Schließlich gab es nur noch eine Sache, die geklärt werden musste.

„Du, Peter", sagte Jakob und tippte dem Bauern an die Schulter.

Seit Nils mit den Fledermäusen und Einstein mit seiner Tierbefreiungsaktion alles zum Guten gewendet hatten, war der am Dauergrinsen. So erkannte man ihn fast nicht wieder. Ein völlig neuer Peter.

Peter guckte Jakob fragend an.

„Also jetzt, wo die Mopsmäuse den Hof gerettet

haben, dachte ich, ich sollte dir endlich mal jemanden vorstellen …"
Bei den Worten griff Jakob in seine Tasche.
Peter wurde wieder ernst und zog eine Augenbraue nach oben. „Junge, Junge, glaubst du denn, deine blinden Passagiere hätte ich nicht längst bemerkt? Ich bin zwar nicht mehr der Jüngste …", er tippte sich an die Stirn, „aber da oben funktioniert noch alles."
Erst klappte Jakob der Mund auf, aber weil Peter nun doch wieder lächelte, anstatt zu schimpfen, holte er Chili und Schote dann doch hervor und ließ sie auf seine Schultern krabbeln.
„Du hast es gewusst?", sagte Jakob. „Aber ich dachte, du hasst Mäuse?"
Peter zog den Kopf ein und lugte dabei beschämt in Leas und Matzes Richtung. „Manchmal sagt man Sachen, die man eigentlich gar nicht so meint!"
„Aber wenn man lauter liebe Menschen um sich herum hat, dann gibt es zum Glück genug

Gelegenheit, alles wiedergutzumachen", erwiderte Lea.
„Wiehaaaa!", freute sich Einstein.
Auch Chili und Schote sahen höchst zufrieden

aus. Und der ganze Rest sowieso. Egal ob mit Fell, mit Federn oder ohne.

„Na, dann wird es ja doch noch was mit dem fröhlichen Weihnachtsfest", seufzte ich.

Elli zwinkerte mir zu. „Bis dahin ist es aber noch eine Weile hin – und du weißt ja, mit Einstein ist immer was los."

Und das war auch gut so!

© privat

Judith Allert lebt mit ihrem Mann, Katzen, Hunden, Hühnern, Wollschweinen und Pferden auf einem alten Bauernhof in Oberfranken. Dort bekommt sie viele Ideen für ihre Geschichten – und genau wie im Pony-Café wird es ihr mit den vielen Vierbeinern nie langweilig.

Professor Einstein gibt es wirklich. Allerdings wohnt er nicht mitten in der Stadt, sondern mit seinen Pferdefreunden in einem Offenstall mit viel Grün drumherum. So wie es alle Pferde am liebsten haben. Doch auch der echte Einstein hätte bestimmt nichts dagegen, ein Törtchen aus dem Pony-Café zu probieren.

© Mathias Schormann

Eleonore Gerhaher ist gelernte Grafikdesignerin und bekannt für ihre liebevollen Zeichnungen von Pferden und anderen Vierbeinern. Geboren wurde sie in Straubing. Sie studierte und arbeitete in den USA, München und Südafrika und lebt jetzt mit ihrer Familie in Berlin – zusammen mit einem Kater, der mindestens genauso gewitzt ist wie Einstein.

LESEPROBE

Judith Allert

Die wilde Baumhausschule

Band 1

Eine Weile später erklang – nicht weit entfernt, aber ein ganzes Stück höher – ein Rufen. Es hallte einmal quer über den Wilden Hügel. Nicht so laut wie ein Elefanten-Rums, aber auch gar nicht mal so leise: „Mamaaaa, hast du meine Schultasche gefunden?“
Eine Frau in staubigen Hosen guckte sich suchend um. Dann legte sie den Kopf in den Nacken und blickte nach oben. Sehr weit nach oben, bis sie in die Kronen der Bäume schauen konnte.
Die Frau hieß Philippa Jupiter Fuchs. Und über ihr, zwischen den dichten Blättern einer Kastanie,

saß ein Mädchen mit kurzen Latzhosen und strubbeligen Unkrauthaaren. Das war Greta, ihre Tochter.

„Nein, ich weiß nicht, wo deine Schultasche ist“, erwiderte Philippa. „Ich suche auch gerade etwas: unseren Elefanten. Kannst du Zacharias von da oben vielleicht irgendwo sehen?“

Greta schob die Blätter zur Seite, guckte nach links und rechts und hinter sich, aber von Zacharias keine Spur.

„Nö – nix“, sagte sie und rutschte den dicken Baumstamm hinunter. Die letzten Meter nahm sie mit einem Sprung. „Hoffentlich vertritt er sich nur ein bisschen die Beine. Nicht, dass er uns schon an unserem vierten Tag ausbüxt!“

So lange lebte Greta mit ihrer Familie nämlich erst hier. Auf dem Wilden Hügel mit all seinen wilden Tieren. Allerdings erst mal nur auf Probe.

Gretas Eltern, die sich mit allen exotischen Tieren dieser Welt tausendmal besser auskannten als mit Nudelsuppekochen, Staubsaugen oder Tischtennisspielen, hatten einen neuen Job: Sie waren ab sofort verantwortlich für jedes einzelne

Tier auf diesem Hügel. Von den zentimeterkleinen Babyspringmäusen bis zu den meterhohen Giraffen. Aber nicht nur das: In wenigen Tagen sollte der Hügel zum ersten Mal seine Tore für Besucher öffnen.

Das hatte seine Besitzerin Frau Spitzgiebel so bestimmt. Ihr Mann, mit dem sie jahrzehntelang allein auf dem Wilden Hügel gewohnt hatte – wenn auch nicht ganz allein, denn sie hatten schließlich unzählige Tiere um sich herum und einige Mitarbeiter, die ihnen beim Füttern und Ausmisten halfen –, war immer strikt dagegen gewesen.

Doch Frau Spitzgiebels Mann war vor ein paar Monaten gestorben und nun sollte alles anders werden. Sie selbst wollte zum Trost die Welt bereisen, Gretas Eltern würden sich um ihre zwei- und vierbeinigen Lieblinge kümmern und aus dem Wilden Hügel sollte ein richtiger Zoo werden.

„Gib mir Bescheid, wenn du

Zacharias irgendwo siehst", sagte Philippa. „Und meine Werkzeugkiste. Sie ist auch verschwunden. Dabei hab ich sie dort drüben neben das Klohaus gestellt. Das weiß ich genau!"
Greta warf einen Blick zur Sonne. Die hing schon ein ziemliches Stück über den Bäumen. „Ich muss jetzt los! Ich kann doch nicht gleich nach den Sommerferien zu spät kommen."
Obwohl: Streng genommen hatte Greta gar keine Ferien gehabt, schließlich war sie bisher noch nie auf eine Schule gegangen, sondern auf all den Tierexpeditionen immer von ihren Eltern unterrichtet worden.
Nun wackelte sie mit den Ohren. Wie üblich, wenn sie schrecklich aufgeregt war. Aber wo war nur ihre verflixte Schultasche?
Greta begab sich auf alle viere. Mit der Nase dicht am Boden krabbelte sie den Weg entlang. Schnüffelnd versuchte sie, die Witterung aufzunehmen. Allerdings vergeblich, die Tasche war einfach nicht zu finden.
Da änderte Greta die Richtung – und diesmal entdeckte sie die richtige Spur. Der Geruch kam

eindeutig von links und wurde beim Krabbeln immer stärker.
Sie folgte einem schmalen Weg zwischen hohem Gestrüpp. Plötzlich stieß sie mit ihrer kleinen Nase an eine ziemlich große Schnauze.

„Ömpf", erwiderte die ziemlich große Schnauze.
„Wusel! Du Dieb!", motzte Greta.